KB121349

로크미디어가
유혹하는
재미있는 세상

짐승 같은 뉴비 5

2022년 5월 10일 초판 1쇄 인쇄
2022년 5월 13일 초판 1쇄 발행

지은이 예정후
발행인 김정수 강준규

기획 이기헌 왕소현 박경무 강민구
책임편집 천기덕
마케팅지원 이원선

발행처 (주)로크미디어
출판등록 2003년 3월 24일
주소 서울시 마포구 성암로 330 DMC첨단산업센터 318호
Tel (02)3273-5135 **편집** 070-7863-0307 **Fax** (02)3273-5134
홈페이지 rokmedia.com **E-mail** rokmedia@empas.com

ⓒ 예정후, 2022

값 8,000원

ISBN 979-11-354-7463-7 (5권)
ISBN 979-11-354-7458-3 04810 (세트)

이 책의 모든 내용에 대한 편집권은 저자와의 계약에 의해
(주)로크미디어에 있으므로 무단 복제, 수정, 배포 행위를 금합니다.

작가와의 협의에 의해 인지는 생략합니다.
잘못된 책은 구입처에서 바꾸어 드립니다.

ROK
MEDIA
로크미디어

짐승같은 뉴비

계정후 퓨전 판타지 장편소설

5

Contents

추적하는 뉴비 (2)

나는 에어바이크를 몰고 동쪽으로 질주하고 있었다.

쏟아지는 밤공기를 뚫고 전해지는 전화 너머의 목소리.

-오빠, 겨울공주가 병원에서 울고 있어.

"……그렇겠지. 아빠가 다쳤는데."

병원으로 후송된 올노운에게서 단서를 찾기 위해 신우를 보내 뒀는데, 녀석은 다른 단서 대신 겨울공주의 소식을 전해 왔다.

-쬐끄만 한 애가 퉁퉁 부은 눈으로 중환자실 지키고 있는데 불쌍해 죽겠어. 어휴, 나도 몇 번 봤지만 항상 애늙은이 같아서 별로 정이 안 갔거든? 근데 오늘 보니까 그냥 애기처럼 보이네. 너무 짠내 폭발…….

"그렇게 불쌍하면 네가 잘 돌봐 주든지."

-응, 안 그래도 그러고 있어. 우리 클랜에도 지원 요청 넣어 놨고.

"음? 블랙핑거에까지?"

-신인류 조사단의 업무잖아. 붉은손에서도 그런 명목으로 병원에다 클랜원들 쫙 깔아 놨던데? 혹시 추가 공격이 있을 수도 있다고.

"흐음, 그렇군."

하긴 추가 공격의 가능성도 무시할 수 없었다.

국내 1위 클랜을 상대로 마치 선전포고를 하듯이 공격을 감행한 신인류다.

그 대담함을 한 번 더 발휘한다면 백십자 클랜의 여의도 병원에도 공격을 감행할 수 있을 터.

경계심을 끌어 올리는 것도 필요한 일이었다.

-그리고 의외로 그 이름이 본명인 것 같더라?

"본명? 뭐가?"

-겨울공주 말이야. 본명이 '한겨울'인 것 같아. 병원에서 정신이 없어서 그랬는지 보호자 서명을 그대로 쓰는 바람에, 지금 계속 '한겨울 보호자님'으로 불리고 있거든.

"……."

그 말에는 나도 울컥한 기분이 되고 말았다.

딸이 아버지의 보호자 노릇을 하고 있다니.

'엄마는 없는 건가?'

가족사를 캐낼 생각은 없지만, 어쩌면 올노운이 과할 정도로 신인류에 집착하는 것은 나처럼 차원 역류에 관한 악연이 있을지도 모른다는 생각이 들었다.

"다른 특이 사항은 없고?"

-아, 방금 불행 중 다행으로 무진 그룹의 세컨드 헌터가 실려 왔어. 안타깝게도 팔이 둘 다 사라지긴 했지만 말이야…….

무진의 세컨드 헌터라면 '좌검'이다.

쌍검술의 달인.

그런데 팔을 전부 잃었다니.

연달아 이어지는 비극에 머릿속이 아득해질 정도였다.

"젠장, 뭔가 다른 정보를 얻게 되면 다시 전화해."

-알았어. 몸조심해.

"너도."

내 발밑으로는 서울의 야경이 빠르게 지나가고 있다.

이런 식의 저고도 비행은 바람이 강하게 불수록 위험해진다.

하지만 어쩔 수 없다.

츠스스스스…….

밤공기 중에 남아 있는 신인류의 흔적을 추적하기 위해서는 똑같은 높이를 유지하며 따라가야만 했으니까.

슬슬 시간도 촉박했다.

'잔흔이 점점 흐려지고 있어.'

남은 흔적이 다 지워져 버리면 아무리 뛰어난 추적 스킬을 가져와서 쓰더라도 소용없는 일.

그 때문에 나는 에어바이크에 채워져 있는 마력석을 전부 다 소모해 버릴 작정으로 스로틀을 당겨 대고 있었다.

'어디까지 간 거냐?'

계속해서 동쪽으로.

서울의 경계를 지나, 팔당댐이 있는 하남시 근처를 지나고 있을 때.

기이이잉……!

뭔가 날카로운 느낌의 마력 파장이 팔뚝을 할퀴듯이 지나 갔다.

신인류가 가진 무색무취의 마력!

'여기야. 이 근처에 있어!'

그것을 알아차린 나는 즉시 권능을 전개했다.

에어바이크를 아공간 주머니로 회수하면서 직접 날개를 뽑아내어 좌우로 펼친 것이다.

[권능 : '폭격조 송골매의 날개'.]

펄럭!

단숨에 어둠 속에 잠긴 강물 가까운 곳까지 내려앉았다.

그리고 수면을 스치듯 날아가며 파장을 역추적하기 시작했다.

제대로 찾아왔다는 것을 증명하듯이 마력의 느낌은 점점 선명해지고 있었다.

'어디냐? 어디 숨었지?'

달밤 아래에 굽이굽이 휘어진 강가 어딘가에 놈들이 몸을 감추고 있다.

틀림없었다.

그리고 바로 그 순간.

쿠웅.

"……!"

이번에는 둔중한 충격이 전해져 왔다.

그 덕분에 위치가 확실해졌다.

'저 앞쪽, 강이 휘어지는 곳!'

북한강과 남한강이 만나서 한강을 이루는 합수부 부근에 뭔가가 있었다.

그리고 그것은 나 혼자 느낀 것이 아니었다.

등 뒤에서 고함이 터져 나왔다.

"목표 포착! 전원 밑으로 하강한다! 전투 준비해!"

"전투 준비!"

"전투 준비!"

붉은손의 진세희 마스터와 휘하 클랜원들.

붕괴 현장에서 딴죽을 걸던 그녀가 비행 능력을 가진 모든 전력을 차출해서 내 뒤를 따라온 것이다.

　'날 길잡이로 알뜰하게 써먹었어.'

　나로서는 딱히 막을 수 있는 방법이 있는 것도 아니라서 그냥 내버려 뒀다.

　그리고 수면을 날아가고 있는 지금.

　오히려 쓸모가 있을지도 모른다는 생각이 들었다.

　'어쩌면 어그로를 분산시켜야 하는 상황이 올 수도 있으니까.'

　놈들은 올노운에게 강력한 일격을 먹였다.

　상황이 다르다고는 하나, 나 혼자서 싸우는 것은 상당한 위험을 감수하는 일이었다.

　'하지만 진세희와 붉은손 클랜원들이 전공을 노리고 달려든다면 표적이 나뉘겠지.'

　당연히 훨씬 수월할 거다.

　이렇게 열 명이나 되는 헌터들이 내 앞을 막아 주니 오히려 안전하다고 해야 하나?

　진세희의 견제 같은 것은 아무래도 상관없다.

　애초에 난 전공을 세우기 위해서 온 게 아니었다.

　'내 목적은 올노운의 실패를 대신 만회하는 것.'

　그가 알아내려고 했던 정보.

　도망친 놈들이 감추고 있는 비밀의 장막을 걷어 내는 것이었다.

"차원 역류와 디멘션 하트 사이의 연관점에 대해 알아내야
돼."

분명히 점점 가까워지는 중이었다.

장담할 수 있었다.

'이제 저 모퉁이만 돌아 나가면……!'

예상치 못한 메시지가 떠오른 것은 바로 그때였다.

[알림 : 특성 '야성'이 직관을 발휘하고 있습니다.]

[알림 : 강력한 원거리 공격에 주의하십시오!]

찌릿 하는 느낌과 함께 야성 특성의 경고 메시지가 떠오른
순간.

――!

"웃……!"

밤 그늘이 내려앉은 강기슭 저편으로부터 망막을 태우는
듯한 엄청난 광선이 터져 나왔다.

신인류의 흔적이 이어진 곳으로부터, 마치 수십 개의 섬광
탄을 터트린 것처럼 지독한 빛이 쏟아져 나오며 사방을 밝히
고 있었던 것이다.

"저게 뭐야?"

"갑자기 무슨 빛이지?"

나를 앞질러 나갔던 붉은손 클랜원들.

그들은 눈살을 찌푸리면서 손바닥을 들어 앞을 막았다.

안이한 대처였다.

"저, 전원 산개! 흩어져! 어서!"

뭔가를 알아차린 진세희가 날카롭게 소리쳤다.

불과 2, 3초의 짧은 시간이었는데 클랜 마스터는 이 빛의 정체가 무엇인지 알아차린 듯했다.

하지만 클랜원들은 이미 너무 가까이 가 있었다.

도저히 피할 수 없을 만큼.

"아앗……!"

화르르륵—!

빛이 농염해지는 것과 함께 네 개의 그림자에 불이 붙는 것이 보였다.

앞서 나간 헌터들이 고스란히 타오르고 있었다.

"크아아악!"

"마, 마스터!"

나는 송골매의 날개를 펄럭이며 방향을 바꾼 상태였다.

이 마법에 대한 대처법을 알고 있었으니까.

'빛의 분노.'

일단 범위 안으로 들어가면 피할 수 없는 마법이었기에 안전부터 확보하고 상황을 파악하자는 생각이었다.

하지만 진세희는 나와 다르게 움직였다.

"감히 어디서!"

붉은손의 마스터는 분노를 감추지 않으며 곧장 무기를 꺼내 들었다.

휘이이이-!

활대가 구부러지며 맹렬한 긴장감을 만든다.

시위에 걸린 화살에 마력이 집중되고, 진세희가 손가락을 탁 놓은 순간.

쏴아아아아아!

강대한 공격력을 머금은 살촉이 폭풍을 일으키며 쏘아졌다.

마치 강물의 표면을 타고 비행하는 것처럼 빛을 베어 가르며 강기슭을 향해 날아간 것이다.

콰직.

'뭔가 맞췄어?'

그 결과, 붉은손 클랜원들을 집어삼켰던 빛이 서서히 사그라들었다.

그리고 그 가운데에서 모습을 드러낸 것은 사람이었다.

"설마 진세희 마스터이십니까?"

하얀 빛을 띄운 손바닥에 화살을 맞은 채, 눈살을 찌푸리고 있는 작은 체구의 남자.

진세희는 모래밭 위에 서 있는 그를 향해 재차 시위를 당기며 고함쳤다.

"헌드레드! 네놈도 신인류냐? 이 어린 새끼가 감히 쓰레기 짓거리에 가담하다니! 여기서 내 손으로 죽여 주마!"

……헌드레드라고?

'아, 그 녀석인가?'

들어 본 이름이다.

4년 전에는 몰랐던 이름이지만, 요즘 한국에서는 꽤나 인기를 끌고 있는 젊은 마법사.

내가 들어갈 사하라 게이트를 꽤나 괜찮은 성적으로 통과한 헌터이기도 했다.

'소속 클랜이 없는 프리랜서인데 무려 SSR급 50위를 찍었다고 했었지.'

헌드레드는 정석진의 계보를 잇는 초대형 천재 헌터라고 평가받고 있었다.

그런데.

'이 녀석도 신인류였어? 왜 하필 갑자기 여기서 멈춘 거지?'

순간 내 시선에 걸린 것이 있었다.

헌드레드의 손아귀에 뭔가가 단단히 잡혀 있었다.

"키에에엑……!"

시커멓게 그을린 사람 하나가 미친 듯이 발버둥을 치고 있었던 것이다.

아니, 저걸 사람이라고 할 수 있을까?

"캬아아악!"

"크르르르르-!"

몸은 인간의 것이었으나, 케르베로스처럼 어깨 위로 세 개의 머리가 돋아나 있는 괴생명체.

'삼두인(三頭人)이라고 하면 적당하겠는데…….'

내가 아는 한, 그런 몬스터는 존재하지 않는다.

게이트에서 뛰쳐나온 몬스터 따위가 아니었다.

"……그 신인류 조직원들이구나."

이번에는 또 어떤 신기술을 쓴 건지, 세 사람이 하나의 몸으로 합쳐진 것이었다.

미친놈들.

이젠 사람을 사람이 아닌 것으로 만드는 건가?

'그렇다면 헌드레드가 신인류 간부로서 증거를 없애기 위해서 여기에?'

하지만 소년처럼 어린 얼굴의 남자는 한숨을 팍팍 내쉬며 해명을 시작했다.

"저기요, 진세희 마스터. 오해하지 마세요. 맹세컨대 방금은 일부러 그런 게 아닙니다. 저야말로 당신들이 이 괴물의 뒤를 따라왔으니까 신인류 측일 수도 있다고 생각해서 선제공격을 한 겁니다."

"닥쳐!"

"아오! 저는 진짜로 아니라니까요!"

헌드레드는 자신이 빛으로 녹여 버리다시피 했던 헌터들

을 향해 손짓을 보냈다.

그러자 빛이 은은하게 바뀌며 헌터들을 거꾸로 회복시키기 시작했다.

'파괴력과 회복력을 동시에 갖춘 빛 속성의 마법을 자유자재로 활용하는 능력.'

그리고 헌드레드는 손바닥에 꽂힌 화살까지 뚝 부러뜨리더니 빛을 모아서 그 상처를 지워 버렸다.

객관적으로 봐도 꽤나 강력한 치유 능력이었다.

'……탐나는데?'

내가 입맛을 다시는 사이에도 헌드레드의 억울한 목소리는 계속해서 이어지고 있었다.

"전 올노운 마스터에게 정신술사들을 소개시켜 주고 근처에 있다가 이상한 폭발이 일어나는 것을 느꼈습니다. 그러다 도망가는 그림자들을 뒤쫓아서 여기까지 온 거라고요. 근데 대뜸 화살을 쏘면 어떡합니까?"

"네 녀석도 빛의 분노를 사용했잖아!"

"크흠, 그러니까 서로 한 번씩 주고받은 걸로 하죠. 금방 회복시켰으니까 클랜원들에게 후유증은 남지 않을 겁니다. 좀 많이 아프긴 했겠지만요."

그렇단 말이지?

'올노운에게 정신술사들을 소개시켜 준 것이 본인이고, 근처에 있다가 마력 폭발이 일어나는 것을 느꼈다.'

일단 앞뒤는 맞는 상황이다.

직접 본 게 아니니 100% 믿는 것은 아니지만 못 믿을 이유도 없었던 것이다.

만에 하나라도, 헌드레드가 꼬리를 자르기 위해 세 놈을 흔적도 없이 날려 버렸다면 의심의 화살을 피할 수 없었겠지만.

"자, 이놈을 넘겨드리죠."

녀석은 눈치 빠르게도 쥐고 있던 삼두인을 휙 던져 준 것이다.

바로 나에게.

"오."

"야, 헌드레드! 내가 신인류 조사단의 부단장이야! 그런데 어디다 범인을 넘기는 거야? 미쳤어?"

나를 뒤쫓아 온 진세희는 즉각 반발했다.

그 덕분에 목표를 거머쥐었지만 나조차도 의아한 대목이었다.

'왜 일면식도 없는 나에게 넘겨준 거지?'

하지만 이것이 바로 천재 마법사의 노림수였다.

헌드레드는 나를 향해 아주 의미심장한 미소를 짓고 있었고……

'어? 잠깐, 이놈 봐라?'

이내 그 속내를 알아차린 나는 피식 웃고 말았다.

맹랑한 수작에 피식 실소가 나왔다.

헌드레드는 나와 똑같은 생각을 한 것이다.

'그래, 내가 꼬리 자르기를 하는지 보겠다?'

그의 입장에서 보기에는 나 또한 신인류인지 아닌지 가늠할 수 없는 상황.

그러니까 범인의 처우를 맡기면서 내가 어떻게 반응하는지 살펴보려고 한 것이다.

내가 조금이라도 위협적으로 움직인다면 즉시 공격할 수 있도록 마력까지 잔뜩 끌어 올리고서.

그 속내를 간파한 나는 삼두인의 모가지를 움켜쥐며 피식 웃었다.

"제법 고단수네."

"아, 들켰나요?"

"어. 들켰어."

"고단수? 들켰다니? 그게 갑자기 무슨……?"

나와 헌드레드 사이에 오가는 눈빛을 읽어 내지 못한 진세희는 눈살을 찌푸리고 있었다.

상황 파악을 못 하고 있는 것이다.

명색이 국내 2위 클랜의 마스터 헌터께서 이렇게 눈치가 없어서야.

'뭐, 내가 알 바는 아니지만.'

나는 피식 웃으며 권능을 개시했다.

[권능 : '음험한 개코 원숭이의 밧줄'.]

촤르륵!

"키에에에엑!"

지성을 잃은 데다 이미 헌드레드에게 큰 타격을 입은 삼두인은 내가 펼친 속박 권능에 전혀 저항하지 못했다.

'머리만 세 개지, 전투력은 딱히 특별한 게 없구나.'

괴물을 단단하게 묶어 둔 나는 헌드레드를 향해 입을 열었다.

"기대했을 것 같은데, 나도 신인류 아닙니다."

"누구시죠?"

"다음 주에 이집트로 갈 사람?"

"어? 혹시 특무조장 백수현 헌터님?"

"알아봐 줘서 고맙네요."

그러자 갑자기 헌드레드의 얼굴에 대격변이 일어났다.

"우와! 올노운 마스터가 엄청나게 칭찬을 하시길래 꼭 한 번 뵙고 싶다고 생각했는데! 여기서 이렇게 뵙네요! 만나서 반갑습니다, 전 헌드레드입니다."

"어……."

방금까지 의심하던 표정은 온데간데없이 굉장한 친밀감을 표시하기 시작한 것이다.

'올노운이 날 칭찬했다고?'

그렇다면 고맙긴 한데.

뭘 어떻게 칭찬했길래 사람의 태도가 이렇게 급변하는 거지?

그때 진세희가 다시 끼어들었다.

"잡담은 그쯤 하죠? 지금 그럴 상황이 아니잖아요? 올노운이 당했다고요! 무진 그룹의 마스터 헌터이자 세븐 스타즈의 올노운이! 여기서 한가하게 떠들 때가 아니란 말입니다."

이미 일어난 사건을 힘주어 강조한 그녀의 목적은 아주 뻔했다.

"백수현 마스터, 제가 신인류 조사단의 부단장으로서 이번 사건을 수습하고 있어요. 그러니까 그 신인류의 괴물은 제가 거두어 가는 게 맞다고 봐요. 조사단장인 올노운이 회복하기 전까지 제가 단장 권한을 대행하고 있으니까요."

시커멓게 그을린 채 속박당한 삼두인을 본인이 데리고 가겠다는 주장이었다.

"……."

내가 딱히 대답을 내놓지 않자, 그녀는 까딱까딱 손짓을 보냈다.

그러자 붉은손 클랜의 헌터들이 일제히 모여들었다.

마치 당장이라도 무력을 행사하겠다는 것처럼.

'재밌네.'

꼭 고전 영화에서 조폭들이 센 척을 하는 모습처럼 보인다.

"백수현 마스터와 헌드레드 헌터, 두 분 모두 추적에 도움을 주셔서 진심으로 감사드립니다. 하지만 제가 권한을 행사하는 것을 방해할 생각은 하지 않는 게 좋을 겁니다. 그렇게 안 보이시겠지만 제가 그리 성격이 좋지 못하거든요."

'뭔 소린지. 그냥 척 봐도 성격 안 좋아 보이는데.'

여러모로 웃음 포인트가 많은 발언이었기에 나는 피식 실소하며 헌드레드에게 질문했다.

"어떻게 생각합니까, 지금 이 상황?"

"아……."

그리고 돌아온 대답은 상당히 만족스러운 것이었다.

"마음에 안 드네요. 아무리 생각해도 아까 제가 손해 본 것 같거든요."

"뭐? 손해?"

불쾌하다는 듯 얼굴을 팍 찌푸리는 진세희.

그러나 헌드레드는 신경도 쓰지 않았다.

그는 저벅저벅 걸어와 삼두인을 향해 상체를 숙여서 뭔가를 살피기 시작했다.

"전 솔직히 올노운 님이 당했다는 이야기가 믿기지 않아요. 하지만 그 현장 가까이에 있었으니 안 믿을 수도 없고요. 설마 돌아가신 건 아니죠?"

"혼수상태입니다. 백십자 클랜에서 치료받는 중이고."

"……그렇군요."

내 대답에 헌드레드의 눈빛이 차분하게 가라앉았다.

"저는 배후를 확인하기 위해서 이놈을 쫓아온 겁니다. 대체 무슨 수로 무진 그룹의 클랜 하우스를 날려 버릴 수 있었던 걸까? 내가 존경하는 올노운 님은 왜 이걸 막아 내지 못했을까? 사건의 흑막을 붙잡아서 확인해야만 했거든요."

그의 표정은 태연했지만 부글거리는 분노가 느껴졌다.

[알림 : 특성 '야성'이 반응하고 있습니다.]

내 특성이 꿈틀거리며 퓨리 에너지가 차오를 정도로 묵직한 감정이었다.

헌드레드는 입술을 삐죽거리며 진세희를 향해서 빈정거리기 시작했다.

"근데 제가 붉은손 클랜원들을 죽인 것도 아닌데 화살이나 맞고, 또 기껏 체포해 놨는데 한 것도 없으면서 데리고 가겠다고 하고…… 칼만 안 들었을 뿐이지, 순 날강도 아닙니까?"

나는 그 말에 슬쩍 한마디를 보탰다.

"붉은손 헌터들이 칼도 들고 있는 것 같은데요."

"어? 그러네요? 칼이랑 활까지 든 날강도들이에요. 너무 하네, 정말."

이 자식, 정말 마음에 드는데?

내가 흡족하게 웃고 있는 사이, 진세희의 얼굴은 폭발할 것처럼 달아오른 상태였다.

그녀는 허리 어림의 칼자루에 손을 가져가며 이를 바드득 갈았다.

"헌드레드, 너 정말 나랑 해보겠다, 이거야?"

하지만 헌드레드 역시 물러서지 않았다.

"못 할 것 있나요? 현실은 실전인데."

"뭐라고!"

"명성, 라이선스, 레벨만으로 싸움의 승패가 결정되는 건 아니라는 말입니다, 진세희 마스터."

"이 새끼가!"

정말이지 하는 말 하나하나 마음에 쏙 든다.

올노운이 공격당한 것 때문에 흥분하긴 했지만 꽤나 재밌는 녀석이었다.

얼굴이 무척 어려 보이지만, 실제 나이는 20대 후반 정도로 알려져 있다.

채윤기와 비슷한 또래.

'그럼 슬슬 헌터로서 가능성을 만개할 때가 됐지.'

탐난다.

사하라 게이트를 기점으로 클로저스 클랜은 양적 팽창을 시작할 예정이었다.

그러니 신우가 거절한 세컨드 헌터 자리도 채워 넣을 때가 되었다.

즉, 내 등을 맡길 클로저스의 2인자는…….

'이 친구가 괜찮겠는데? 물론 자세히 이야기를 나눠 봐야 알겠지만.'

왠지 느낌이 팍 온다.

그렇다면 상황 정리부터.

"이렇게 하시죠, 진세희 마스터."

"백수현 마스터, 헌드레드의 편을 들 생각이라면 빠지세요."

내가 중재를 시도했지만 진세희는 나를 본 척도 하지 않았다.

이 여자가 진짜…….

"전 부단장의 권한을 인정해 드리려고 했는데, 그냥 빠져 드릴까요? 참고로 지금 범인을 속박하고 있는 건 접니다, 다른 사람이 아니라."

그러자 비로소 나에게 시선을 보내오는 진세희.

"그건 범인을 넘겨주겠다는 말인가요?"

"네, 그러죠."

그러자 진세희의 얼굴에 화색이 돌았다.

하지만 말이 다 끝난 것은 아니었다.

"3순위로요."

"예?"

"헌드레드 헌터와 제가 필요로 하는 정보를 얻어 낸 뒤에 넘겨드리겠습니다. 그 전에는 절대 협조 못 해드립니다."

"……!"

진세희의 표정이 일그러지며 안색이 붉으락푸르락해졌지만 나는 물러서지 않았다.

오히려 더 세게 나갔다.

[권능 : '젊은 산군의 기세'.]

"올노운이 다쳤다고 전부 마음대로 할 수 있을 거라고 생각하면 큰 오산입니다."

진세희가 마력을 끌어 올려 압박하는 것에 정면으로 대항하기 시작한 것이다.

올노운이라면 모를까, 붉은손의 진세희라면 충분히 해봄 직한 기 싸움이었다.

그 결과—.

"……빌어먹을."

진세희가 눈을 부라리며 욕지거리를 내뱉었다.

"딱 10분 줄 테니까 알아서 하세요. 더 짜증 나게 하면 정말로 가만두지 않을 거야. 알겠어요?"

열이 머리끝까지 뻗쳤는지 공대와 하대가 마구 뒤섞여서 나오고 있었다.

'10분을 참 좋아하네.'

어쨌든 소기의 목표를 이룬 나와 헌드레드는 킬킬거림을 주고받았다.

"백수현 마스터, 후환이 두렵지 않으신가요?"

"그쪽도 막무가내인 건 마찬가지인 것 같은데요."

"평소에 그런 칭찬 많이 듣습니다."

우리는 시커멓게 변한 삼두인을 두고 나란히 앉았다.

헌드레드는 서포터로서는 신우보다 더 뛰어난 마법사였고…….

"메모리 드레이닝."

그가 펼쳐 낸 '기억 견인 마법'을 통해서 나는 곧 알게 되었다.

신인류가 어떻게 무진 그룹과 올노운을 공격했는지.

또한 그들이 무슨 방법으로 게이트를 역류시키는 것인지.

마침내 알게 된 것이다.

'이런 거였구나. 차원 역류의 비결은 이거였어.'

디멘션 하트와 차원 역류.

알고 보니 이 두 가지 요소는 매우 밀접한 연관을 맺고 있었다.

차원 역류가 유도되는 과정은 이러했다.

디멘션 하트를 파괴하면 게이트가 폐쇄되기 시작한다.

이 상황에서 특수한 형태로 응집시킨 마력을 폭발시키면 게이트 폐쇄가 역행하게 되고……

곧 게이트가 폐쇄 과정에 간섭이 일어나면서 모든 마력이 차원 바깥으로 역류한다.

즉, 디멘션 하트는 차원 역류 현상의 첫 번째 단추와도 같은 역할을 맡고 있었다.

신인류가 이것을 어떻게 알았는지는 모르겠다.

하지만 놈들은 완벽하게 판을 짜서 움직이는 중이었다.

일단 디멘션 하트를 파괴하는 작업은 게이트 테러리스트들을 이용했고.

마력을 응집하는 것은 희생양을 끌어들이는 식으로 작업했다.

'심혁필이 여헌터들을 권속으로 삼아서 부렸던 것도, 궁극적으로는 마력을 뽑아내기 위해서였던 거야.'

그러니까 심혁필은 일종의 배터리 제작자 역할이었던 셈이다.

노인네가 가지고 있던 그 반지들 또한 차원 역류를 일으키기 위한 아티팩트였다.

'마지막까지 끄나풀에 불과했던 심혁필은 전혀 모르는 사실이었지만 말이야.'

그러고 보면 올노운은 그 반지에 유독 집착했었는데, 왜 그랬던 거지?

나로서는 모를 일이었다.

그라고 안타깝게도 당분간은 알아낼 방법이 없는 문제이기도 했다.

삼두인의 육체에 새겨져 있던 술식을 조사한 헌드레드의 말에 의하면…….

"신인류의 공격은 단순한 마력 반사 증폭이 아니었어."

"……."

"그 자리에 있었던 조직원들의 마력과 생명력을 모조리 끌어 모아서 위력 촉매로 사용한 초대형 마법이었지. 부비트랩이 터진 거라는 말이야."

"……."

내 설명을 듣고 있는 사람은 바로 겨울공주였다.

나는 그녀에게 사건의 자초지종을 설명해 주었고, 소녀는 올노운의 혈육으로서 그 이야기를 말없이 듣고 있었다.

옆에서는 헌드레드가 한마디 보태며 위로를 건네기도 했다.

"겨울아, 올노운 마스터는 곧 깨어나서 쾌차하실 거야. 너무 걱정하지 말자, 응?"

하지만 겨울공주는 우울한 눈으로 아버지의 병실이 있는 곳을 바라볼 뿐이었다.

'안타깝네.'

처음부터 함정이었던 것 같다.

올노운이 신인류 조직원들에게 마력을 사용하리라는 것을 알고 있었던 것처럼, 극한까지 강화된 반사 증폭이 장치되어 있던 상태.

그 때문에 올노운이 힘을 밀어 넣은 순간, 세 사람의 육체가 동시에 폭발을 일으켰고.

'정체를 알 수 없는 마력이 살아 있는 접착제처럼 작동하여 삼두인이라는 키메라를 만들어 내기에 이르렀다.'

이것이 헌드레드의 결론이었다.

그리고 나는 그 '알 수 없는 마력'에 대해 알고 있었다.

'무색무취의 마력.'

바로 내가 가지고 있는 히든 스탯 '신성'이 흡수하는 힘이었다.

그 힘이 폭발과 함께 찢겨 나간 신인류 헌터들의 육체를 그러모아서 재구성하는 기적을 발휘했다.

'나도 마력 흔적을 확인했지만 도저히 믿기지 않네.'

어쨌거나 무진 그룹이 공격당한 전무후무한 사건은 일단

수습되었다.

그 결과.

　　[더 게이트] 〈속보〉 신인류 조직, 무진 그룹 '기습 폭격'
　　[마이 히어로] 올노운 마스터 위독…… 차원통제청 "확인해 줄 수 없다"
　　[영웅일보] 붉은손 클랜 진세희 마스터, "범인 체포 완료, 비극 수습에 최선 다할 것"
　　[헌터 포커스] 무기력한 신인류 조사단, 상황 해결 능력에 의문 부호?
　　[오늘의 공략] 〈석형우의 시선〉 세계적인 헌터의 혼수상태 "대한민국 게이트 안보, 이대로 괜찮은가?"

　　―아니 ㅅㅂ 올노운이 병원에 실려 갔다고? 내가 꿈을 꾸고 있나?
　　―나도 눈을 의심함;;;;; 무진 클하 폭발해서 절반도 안 남았다던데;;;
　　―아 진짜 뭔일 나려고 하는가 봐ㅠㅠㅠㅠ 너무 무섭다….
　　―ㄹㅇ정신번쩍듬ㅋㅋ 올노운도 무적은 아니었네ㅋㅋㅋ
　　―미친놈 지금 웃음이 나오냐? 신인류라는 개색기들은 대체 뭐냐고!
　　―여러분 다들 진정하세요ㅜㅠ

간밤에 일어난 대사건이 대대적으로 보도되며 사회 구성

원 전체가 충격과 공포에 휩싸였다.

차원통제청에서도 비상사태를 선언하고 사건 수습에 집중할 정도였다.

그러나 다행스럽게도 내 일정이 미뤄지는 일은 없었다.

"백수현 마스터, 특수무장조 전원 집결했습니다."

"그럼 탑승하겠습니다."

조용히 비행기에 오른 나와 헌터들은 사하라사막으로 향했다.

영원 모래 미로.

만약 내가 이 등급 외 게이트를 성공적으로 통과한다면.

'올노운의 공백을 대신할 수 있을 거야.'

스무 계단 이상의 상승.

즉, 최소 60레벨의 달성.

이것이 나의 목표였다.

무모하게 들리겠지만 난 자신 있었다.

영원 모래 미로의 최고난도 코스를 이용하면 그 이상도 가능하다는 것을 경험으로 알고 있었으니까.

사막의 뉴비

이집트 카이로 공항.

숨이 턱턱 막히는 더위를 뚫고 버스가 질주하고 있었다.

아프리카 대륙 북쪽을 다 차지하고 있는 대사막의 초입으로 향하는 것이다.

한국과는 전혀 다른, 장엄한 황금빛의 풍경이 온 사방에 펼쳐져 있었다.

하지만 나는 매우 짜증이 난 상태였다.

"백수현 마스터, 이집트에 대한 첫인상은 어떠십니까?"

"……덥네요."

"모래 미로 게이트에 들어가게 되면 외국 헌터들과도 경쟁을 하게 될 텐데, 자신 있으십니까? 다른 대비책이 있습니까?"

"……만나 봐야 알겠죠."

"올노운 마스터가 조금씩 회복되고 있다는 소식이 전해졌는데요. 조사단의 일원으로서 어떻게 생각하십니까?"

"……다행이라고 생각합니다."

내 옆에 찰거머리처럼 달라붙어 질문을 쏟아 내는 석형우.

"음, 피곤하신데 제가 방해를 한 것 같군요. 나중에 다시 오겠습니다. 30분 뒤에 뵙죠."

뭐? 고작 30분?

"흐흐."

놈은 의미심장한 표정으로 킬킬 웃더니 다른 헌터들을 들볶으러 자리를 옮겼다.

그러자 내 뒷자리에 있던 신우가 투덜거렸다.

"저 아저씨가 사람 빡치게 하는 재주가 있네. 대체 왜 저러는 거야? 짜증 나게."

그 말대로였다.

아, 정말이지…….

'진짜 짜증 난다. 주둥이 한 대만 때렸으면 여한이 없겠네.'

이곳 이집트로 날아온 것은 특무조 헌터 스물다섯 명만이 아니었다. 이번 도전을 취재한다는 명목으로 석형우를 비롯한 다섯 명의 기자들이 따라붙은 것이다.

그래도 네 명은 일반인 기자로서 헌터들을 조심스럽게 대하는 태도였는데…….

'석형우는 헌터 출신이라고 아주 미쳐서 날뛰는구나.'

나와 윤동식 마스터를 들쑤시고 다니던 탐사 기자는 심지어 모래 미로 게이트 안까지 동행하기로 된 상태였다.

차원통제청에서 T.O.를 한 사람 늘린 탓이었다.

나는 어이가 없었다.

'엉뚱한 데다 외교력을 쓰고 있어.'

언론사들이 김서옥에게 압력이라도 넣었나?

'아니, 윤동식 마스터는 본인 선에서 처리하겠다고 하더니 대체 어떻게 된 거야? 이게 처리한 거야?'

고삐가 풀린 석형우는 안하무인으로 행동하고 있었다.

"이규란 마스터? 한 말씀 부탁드립니다. 모래 미로를 통과할 자신 있으십니까?"

"자신이 있다기보다는 아무쪼록 최선을 다해서……."

인터뷰를 핑계로 삼아서 그렇잖아도 긴장한 특무조원들을 달달 볶아 대고 있는 것이다. 마치 헌터들을 괴롭힐 때마다 기사를 얻을 수 있다는 것처럼.

그 탓에 원정대의 분위기는 차갑게 가라앉아 있었다.

버스 에어컨을 꺼도 괜찮을 정도로 말이다.

"……."

사실 그 공기 속에는 내 지분도 어느 정도 있었다.

'역시, 다들 날 좋아하진 않는 것 같지?'

신인류 조사단의 특수무장조는 특별 인증 시험의 상위 성적 스물다섯 명으로 구성된 팀이다.

그 말도 많고 탈도 많았던 아수라장에서 얼음 수정을 악착같이 모으고 지켜낸 실력파 헌터들이라는 말이다.

그러니 이들 모두가 나와 거래한 경험이 있었다.

얼음성 내외를 오갈 때마다 내게 통행료를 납부했던 헌터들은 억울함을 착실하게 쌓아 둔 듯했다.

-씨바, 저 새끼가 특무조장이라고?

-악덕 고리업자가 무슨…….

-저놈만 아니었으면 내가 1위 자리를 차지했을 텐데!

'보름달 여우의 눈도 필요 없겠어.'

그들의 표정만으로도 나에게 묵은 감정이 여실히 드러나는 중이었다.

'오래 살겠네, 욕을 이렇게 처먹고 있으니.'

피식 웃음이 나왔다.

물론 모든 헌터가 나에게 적개심을 가진 것은 아니었다.

일단 올노운이 이적시킨 무진 그룹의 4인방.

'곽승우, 유지영, 송대욱, 이진수.'

처음 만났을 때 나에게 하극상을 벌일 정도로 호승심을 드러냈던 이들이었지만, 지금은 180도 달라진 상태였다.

"마스터, 혹시 석형우 기자가 귀찮으십니까?"

"점혈을 해서 재워 버릴까요?"

"말씀만 하십쇼."

"제가 슬쩍 가서 쥐도 새도 모르게……."

네 사람은 조금 당황스러울 정도로 나에게 맹목적인 충성을 보이고 있었다.

"다들 그냥 앉아서 잠이나 자."

"언제든지 필요하시면 말씀하십시오."

"안 필요하다니까."

다독거리는 것도 쉽지 않았다.

이러한 태도 변화의 이유.

특별 시험 직전에 내가 이진수를 두들겨 패면서 힘을 보여 준 것도 있었지만, 그보다도 삼청동에서 벌어진 폭격 사건의 영향이 큰 듯했다.

'이것도 일종의 충심이라고 해야 하나?'

소속이 잠시 바뀌었다고는 하지만 이들은 어디까지나 무진 그룹의 헌터들이다.

클랜 하우스가 공격당하고, 마스터와 선배들이 죽거나 다친 전대미문의 비극에 분개하는 것은 당연한 일이었다.

그런데 내가 그 범인을 잡아들였다는 뒷이야기를 전해 들었다면…….

'나에게 고마워하고 존경을 보이는 것도 당연하겠지.'

태도를 바꾼 네 사람은 전의를 활활 불태우고 있었다.

모래 미로를 반드시 통과해서 등급 외 게이트의 보상을 얻어 내겠다는 각오였다.

　나를 따르는 다른 헌터들도 비슷했다.

　블랙핑거 클랜의 헌터들, 이들과 협력했던 남헌터들, 그리고 나에게 도움을 받았던 몇몇 헌터들까지 모두 열한 명.

　이들은 나만 믿고 따라가면 된다고 생각하고 있는 듯했다.

　'좀 부담스럽긴 한데……'

　하지만 탁월한 선택이다.

　나에겐 이들의 희망에 부응해 줄 능력이 있었으니까.

　이에 반해 나에게 반감을 가진 헌터들은…….

　'공교롭게도 윤동식 마스터가 경고했던 클랜들 출신이군.'

　무슨 사전 교육이라도 되어 있었던 건가?

　'그럴지도 모르지.'

　어쨌거나 25인의 특무조원들 중, 나와 열한 명을 제외한 열세 명은 불편한 심기를 여과 없이 드러내고 있었다.

　그리고 이 반대파의 수장은 바로 붉은손의 일원이었다.

　진재욱, 붉은손의 클랜 마스터인 진세희의 남동생.

　턱수염을 덥수룩하게 기른 남헌터는 특별 인증 시험을 2위로 통과한 헌터로서 그만큼 나에게 큰 반감을 가지고 있었다.

　마치 수학여행 가는 버스 안에서 폼을 잡는 꼬맹이들처럼 가장 뒷자리에 앉아 인상을 팍 구기고 있는 것이 그 증거였다.

-……백수현.

-잔대가리만 굴릴 줄 아는 놈이 특무조장이라니.

-내가 저 새끼의 무능함을 만천하에 까발려 주겠어.

진재욱은 모래 미로 게이트는 안중에도 없는 건지, 날 몰락시킬 생각만 하고 있었다. 좀 우습기도 했다.

'그렇게 만만하지는 않을 텐데. 게이트에 자신 있다는 건가, 아니면 정보 조사가 부족한 걸까?'

내가 삼두인을 뒤쫓다가 만난 천재 마법사 헌드레드.

난 그 녀석에게 곧바로 제안을 던졌다.

당연히 스카우트 제안이었다.

하지만 프리랜서로 생활하는 것에 나름의 만족감을 느끼고 있었던 헌드레드는 완곡하게 거절의 뜻을 표했다.

-하하, 죄송합니다. 제가 올노운 님께 백수현 마스터의 칭찬을 많이 들었고……. 미래가 유망한 분이라는 것은 알고 있습니다만, 그래도 이렇다 할 비전을 느끼진 못해서요. 말씀은 감사합니다.

비전을 느끼지 못했다, 이 말은 '네가 날 감당할 수 있겠느냐'라는 말과도 같았다. 그래서 나는 이렇게 말해 줬다.

-제가 영원 모래 미로에서 1위를 달성하면 어떨까요?

그러자 헌드레드는 쓴웃음을 지으며 고개를 저었다.

-그곳은 빨리 가려고 욕심을 내면 낼수록 지옥이 되는 곳입니다. 과욕이라는 이름의 모래 지옥…… 조심하셔야 할 겁니다.

한 사람의 경험자로서 모래 미로의 위험성에 대해 엄중하게 경고한 것이다.
자칫하면 완주가 아니라 탈출조차 하지 못하고 행방불명되는 헌터들이 부지기수라고도 했다.
하지만 나는 약속을 받아 두었다.

-만약 제가 1위를 하면 스카우트 제안에 대해서 다시 생각해 보시죠.
-흠, 1백 명 중에 1위가 쉬운 일은 아니죠. 만약 그런 결과가 나온다면 한번 생각해 보겠습니다.
-아뇨, 역대 1위 말입니다.
-……예?

영원 모래 미로에 기록된 모든 도전자들을 통틀어서 1위.

한국의 거물 헌터들은 물론, 세븐 스타즈라고 불리는 최강
자들의 기록까지 전부 한 계단씩 뒤로 밀어내는 것이 나의
목표였다.

그러자 헌드레드는 헛웃음을 지으며 고개를 끄덕였다.

　-야망이 있으시네요. 좋아요. 만약 백수현 마스터가 사
하라사막의 스코어보드 5위 안에 든다면, 제가 클로저스에
합류하는 걸로 하죠.

내가 당연히 실패할 거라고 생각하고 있겠지만.

'야수계의 기록에 비하면 별것 아냐.'

나는 모두를 꺾을 수 있다는 자신감을 가지고 있었다.

어쨌거나 헌드레드는 모래 미로 게이트의 위험성과 공략
노하우에 대해 엄청나게 강조했다.

나는 다 알고 있었지만 그것을 다시 한번 새겨 두었다.

그리고 지금.

'쟨 뭘 믿고 저러는 건지 모르겠네.'

시작되는 사막의 정경을 보며 나는 피식피식 웃고 있었다.

붉은손 클랜의 진재욱 때문이었다.

아직 게이트에 도착하지도 못했건만 녀석은 이미 물밑으
로 움직이며 자신의 편을 다 포섭해 둔 상태였다.

나에게 호의적인 열한 명을 제외하고 다른 모든 헌터들에

게 자신의 지휘를 따르기를 제안한 것이다.

그리고 그 무리는 이내 모습을 드러냈다.

"특무조장님."

버스가 멈추고 거대한 모래 사막 위로 문제의 게이트가 장대한 위엄을 드러내자, 진재욱이 나에게 말을 걸어왔다.

놈은 나에게 일방적으로 통보했다.

"저와 몇몇 헌터들은 따로 진영을 갖추어 미로 공략을 준비하려고 합니다. 저를 포함해서 총 열세 명입니다. 그럼 공략을 시작할 때 뵙겠습니다."

"……."

형언할 수 없는 당당함에 나는 헛웃음을 지었고.

"아니, 저 새끼가……? 미친 거 아니야?"

나를 대신해서 여동생이 나지막이 욕설을 퍼붓기 시작했다.

"지금 누구 덕분에 이집트까지 온 건지 까먹었나? 호의가 계속되면 둘…… 아니, 권리라더니! 딱 그거네!"

하지만 나는 조용히 걸음을 옮기기 시작했다.

뭐라도 기삿거리를 캐내기 위해서 눈에 불을 켜고 있는 석형우를 의식하는 것도 있었지만, 사실 반응해야 할 이유 자체를 느끼지 못했다.

어차피 모두를 데리고 갈 생각은 없었으니까.

'애초에 그럴 깜냥도 안 됐고.'

차라리 잘됐다는 생각마저 들었다.

'헌드레드는 게이트 내부에서 벌어지는 혈투에 대해서도 경고했어.'

바로 다른 국적의 헌터들이 다른 팀의 발목을 잡기 위해 대놓고 공격해 오는 상황을 이야기한 것이었다.

그건 내가 야수계에서 경험해 보지 못한 일이었다.

그 때문에 최대한 주의 깊게 들어 두었고…….

'덕분에 짐 좀 덜었네.'

진재욱이 반대파를 데리고 나가니 오히려 안도감이 생겼던 것이다.

그렇게 팀이 두 개로 갈라지고 잠시 후.

"Nice to meet to you!"

머리에 사막 국가 특유의 터번을 둘러쓴 남자가 손을 내밀며 다가왔다.

이집트 정부 소속 헌터는 곧바로 유창한 한국어를 시작했다.

"저는 여러분이 '영원 모래 미로' 게이트에 입장하기 전까지의 절차를 진행할 것입니다. 음, 이제 35시간 정도 남았군요."

그는 두 무리로 나뉜 우리를 숙소로 인솔하며 빙긋 웃어 보이기도 했다.

"역시, 한국인들은 영리합니다. 모래 미로 안에서는 열 명 내외로 팀을 만들어서 활동하는 것이 가장 효율적이고 안전합니다. Two team. Nice choice!"

"······."

물론 우리의 두 팀은 효율이 아니라 내분의 결과물이었지만, 그런 사소한 오해를 굳이 바로잡을 필요는 없을 것이다.

"우리 이집트 정부는 세계 각국의 유망한 헌터들이 이 게이트 안에서 최대한 많은 것을 얻고 안전하게 귀국할 수 있도록 최선의 노력을 기울이고 있습니다. 한국인들의 발걸음에도 사막의 행운이 깃들기를 진심으로 소망합니다."

'이 양반, 왠지 혓바닥이 긴데?'

나는 이류 모를 불안감을 느끼며 이집트 공무원의 뒤를 따라 막사 안으로 들어섰고······.

"자, 이번 도전을 함께할 헌터들입니다. 인사들 나누시죠. 필요한 게 있으시면 불러주시고요. 그럼 Take a rest!"

"······얼씨구?"

아까의 불안감이 현실이 되어 나타났다는 것을 깨달았다.

사막의 '영원 모래 미로' 게이트 안에서 최대 4주 동안 부대끼며 경쟁을 벌여야 하는 타국적의 헌터들.

"오이오이, 쵸센노 한타다치가 도차쿠잇타ー!(이봐. 조선의 헌터들이 도착했다고!)"

"카오. 한궈런, 종슬츠다오.(젠장. 한국인들은 늘 늦더라.)"

대부분이 우리와 똑같은 검은 머리의 아시아인들이었다.

"참 내."

"대체 이건 뭔 상황이야?"

그들의 전투복 상의에 새겨진 일장기와 오성홍기를 보며 나는 헛웃음을 지을 수밖에 없었다.

'하필 일본과 중국 헌터들이란 말이지?'

이건, 뭐…… 1등을 놓치지 말라고 이집트 정부에서 버프라도 걸어 주는 건가?

⟡

영원 모래 미로.

이 게이트의 출입 가능 인원은 최대 1백 명이다.

일단 1백 명이 채워지면 4주 동안은 추가 출입이 불가능해지며, 바깥에서는 그저 기다리는 것밖에 할 수 있는 것이 없다.

그렇기 때문에 이집트 정부에서는 각국 헌터들을 균등한 방식으로 수용하여 모래 미로에 도전할 수 있도록 안배해 왔는데…….

"오빠, 어쩌다가 한중일 삼파전이 된 걸까? 이게 무슨 삼국지도 아니고."

"인마, 삼국지는 중국 안에서 일어난 거야."

"그럼 월드컵 예선?"

"비유하고는……. 아무튼 좀 수상하긴 하지?"

"응. 누가 봐도 분명 뭔가 있는 상황이야. 잠깐 기다려 봐."

블랙핑거 클랜원들을 비롯한 우호파에게 쪼르르 달려가 무언가 이야기를 나누는 신우.

솜씨 좋게 일본어, 중국어 능력자를 추려 낸 녀석은 숙소 내부를 돌아다니며 이야기를 엿듣고는 몇 가지 정보를 물어 왔다.

그 결과, 나는 이번 게이트 도전이 한 단계 어려워졌음을 깨닫게 되었다.

중국의 자류단.

그리고 일본의 은양성.

대한민국의 무진 그룹과 마찬가지로 이 두 클랜은 중국과 일본을 대표하는 거대 클랜이다.

올노운의 경우처럼 두 클랜 역시 세븐 스타즈의 일원인 '레이황'과 '텐류'가 직접 이끌고 있으며…….

전체 전투력 규모만 놓고 보자면 무진 그룹을 뛰어넘는 초대형 레이드 단체들이었던 것이다.

그런데 이들이 1.5군급 헌터들을 보내왔다.

'자류단에서 마흔두 명. 은양성에서 서른두 명.'

영원 모래 미로를 경험해 보지 않은 이들을 차출하여 모두 보내다시피 한 것이다.

1.5군은 SR급으로 이루어져 있으니 즉시 전력이라고 할 수 있는 중요 자원이었다.

어떻게 이게 가능했던 것일까?

알고 보니 이것은 이집트 정부의 농간이었다.

"……우리나라 차원통제청과 교섭한 내용을 일본과 중국 측에 흘린 것 같습니다."

이규란 마스터가 가볍게 입술을 깨물며 이야기해 주었다.

"쉽게 말해 우리나라와 거래를 하면서 일본과 중국에도 비슷한 제안을 넣은 겁니다. '한국이 이렇게 하고 싶다는데? 너희는 가만있을 거야?'라고 말이죠."

"그렇군요."

꽤 영리하네.

모래 미로의 위험성을 고려했을 때, 이렇게 많은 인원을 한꺼번에 차출하는 것은 위험한 일이다.

'하지만 그럼에도 불구하고 저질렀다.'

즉, 질 수 없다는 계산이 더 강하게 작용한 것이다.

동아시아 3국이 죽는 것보다 지는 것을 더 싫어한다는 속사정을 이집트 정부가 제대로 이용한 셈이다.

그리고 그건 나도 마찬가지였다.

'중국이나 일본에게는 가위바위보라도 질 수 없지.'

반쯤은 우스갯소리로 하는 말이지만, 때로는 이런 것도 동기부여가 되는 법.

"……"

헌터들의 눈빛이 서서히 변하고 있었다.

긴장감을 털어 내고 투지가 깃든다.

두려움이 아니라 호승심으로 막사 바깥의 게이트를 바라보기 시작한 것이다.

'덕분에 흥미진진하겠네.'

그리고 나는 이들을 이끄는 입장으로서 다음 문제에 대해 생각하고 있었다.

헌드레드가 나에게 강력하게 경고했던 바로 그 문제.

게이트 내부에서의 암투.

'중국과 일본만 문제는 아니지.'

나에게는 바로 가까운 곳에 더 치명적인 적이 도사리고 있었다.

그러니 철저하게 대비를 해 둬야만 했다.

막사의 은밀한 곳, 마력의 흐름을 차단하여 감청을 대비한 남녀 사이에서, 모종의 계약이 성립되었다.

"……경고한다. 밀약 이외의 딴짓은 사절하겠다, 히카리."

"라오웨이 상이야말로 약속을 지키세요."

머리를 박박 깎은 거구의 남자는 중국 자류단 측의 리더 '라오웨이'.

그리고 검붉은 눈동자를 반짝이는 여자는 일본 은양성 측의 리더 '히카리'였다.

영원 모래 미로의 공략을 앞두고 두 사람 사이에서 밀약이 맺어진 것이다.

약속의 내용은 간단했다. 만약 영원 모래 미로 안에서 3각 경쟁이 벌어진다면 한국 측부터 공격하는 것.

그러고 나서 정정당당하게 중—일 간의 경쟁을 시작하자는 약속이었다.

하지만 라오웨이는 내심 다른 생각을 품고 있었다.

'한국 측을 치는 척하다가 거꾸로 일본부터 떨어뜨리는 게 낫다. 당연하잖아?'

고작 서른 명도 되지 않는 한국 측보다는 서른두 명이나 되는 일본 측이 더 위험하다는 판단.

그래서 이중의 함정을 파 둔 것이다.

한국을 공공의 적으로 삼은 척하다가, 빈틈을 노려서 뒤통수를 후리는 함정이었다. 그것은 일본 측 역시 마찬가지였다.

'자류단에게 한 방 먹일 기회, 절대 놓칠 수 없죠.'

히카리 또한 한국보다 중국을 경계하고 있었다.

공공의 적을 지목했으나 사실은 모두가 공공의 적이며, 속이는 사람만 있고 속는 사람은 없는 기묘한 대치 상황.

여기에 파문을 일으킨 것은 바로 진재욱이었다.

그는 은양성의 여헌터에게 조용히 접근해서 입을 열었다.

"히카리 상, 혹시 나를 기억합니까?"

"······으음?"

잠시 눈을 깜빡이던 여자의 표정이 살짝 변했다.

"아! 당신은 레도한도(붉은손)의······?"

상대가 구면이라는 사실을 알아차린 것이다.

진재욱은 천천히 고개를 끄덕였다.

"예, 맞습니다. 저는 붉은손 진세희 마스터의 동생, 진재욱입니다. 일전에 합동 훈련에서 봤죠."

"히사시부리데스네!(오랜만이네요!)"

우연찮게 면식이 있었던 두 사람은 한국어, 영어, 일본어를 섞어 가며 이야기를 주고받기 시작했다.

의사소통이 쉽진 않았지만 진재욱이 내놓은 것은 이러한 제안이었다.

"우리가 일본 팀을 밀어주겠습니다. 그러니까 일본 팀도 우리와 협력해 주시면 어떻겠습니까?"

새로울 것도 없는 협력 제안에 히카리는 피식 코웃음을 쳤다.

"아, 중국을 공적으로 돌리자는 이야기인가요? 글쎄요. 한국 팀에게 그럴 만한 역량이 있나요? 듣자 하니까 그쪽은 두 팀으로 분리되어 있다고 하던데."

이미 한국 측 특수무장조의 분열 상황까지 파악하고 있는 것이다.

하지만 진재욱은 오히려 그 부분을 이용했다.

"히카리 상, 그러니까 우린 살을 주고 뼈를 취할 수 있는 겁니다."

"음? 그게 무슨 말이지요?"

"나의 한국 팀이 미끼가 되어 중국 팀을 유인하겠습니다."

"손나 바카나……?(그런 바보 같은?)"

"그러면 다른 한국 팀은 우릴 지원할 수밖에 없을 겁니다. 저래 보여도 '특무조장'이거든요. 한국 팀 전체의 사령관이죠. 같은 편이 당하는 것을 그냥 보고만 있지는 않을 겁니다."

"……!"

일본 측의 리더는 금세 그 이야기를 이해했다.

'같은 팀을 방패막이로 사용하겠다? 그런 뒤에 배신까지?'

……이 자식, 사람인가?

미처 상상하지 못한 대담무쌍한 흉계에 여헌터의 표정이 살짝 굳어질 정도였다.

하지만 진재욱은 씩 웃었다.

"은양성은 앞을 뚫어 주기만 하면 됩니다. 그리고 난 2등으로 만족하겠습니다. 어떻습니까? 나쁘지 않을 것 같은데?"

일리가 있는 작전이었다.

은양성의 손실을 최소한으로 보전하면서, 중국 측의 발목을 붙잡아 둘 묘책으로 보였다.

애초의 작전대로 굴러가지 않더라도 한국 헌터들을 방패막이로 쓰는 것은 충분히 가능할 터.

"……나루호도.(과연.)"

히카리는 피식 웃으며 고개를 끄덕였다.

"좋습니다. 그렇게 하지요."

"잘 생각하셨습니다."

은밀하게 악수를 주고받는 히카리와 진재욱.

두 사람은 이번 머리싸움에서 자신들이 승자가 될 것이라고 추호도 의심하지 않았다.

하지만.

"게이트 공략이 아니라 정치질을 하러 왔구먼, 쯧쯧."

이미 최원호는 그 모든 것을 읽어 들이고 있었다.

[권능 : '집요한 사냥개의 추적술'.]

마력을 차단하더라도 미세한 소리가 새는 것은 차단하지 못했으니까.

청각을 극한까지 강화하는 사냥개의 감시망에서 벗어나는 것은 불가능했던 것이다.

"쯧."

최원호는 혀를 차며 생각했다.

'진재욱 이 자식은 상상 이상으로 악질이네.'

1등도 아니고, 고작 2등을 해 보겠다고 같은 팀을 팔아먹으려고 해? 그것도 일본 팀에게?

[알림 : 특성 '야성'이 반응하고 있습니다.]

은은하게 차오르는 퓨리 에너지.

사실 이뿐만이 아니었다.

"올노운이 백수현에게 블랙 포스라는 활을 줬다고……."

"이규란은 원래 스캐빈저 클랜원으로서 별 볼 일 없는 전투력이었는데……."

"열두 명의 포지션은 대략적으로 전위 다섯 명과 후위 일곱 명으로 볼 수 있고……."

한국 팀의 인원 구성이나 보유 전투력 따위의 정보들이 마구잡이로 팔려 나가고 있었다.

진재욱은 애초에 최원호 쪽을 같은 팀이라고 생각한 적이 자체가 없는 듯했다.

어쩌면 붉은손 클랜에서는 중국, 일본 헌터들이 영원 모래 미로에 참가하리라는 것을 알고 있었을지도 모르겠다.

"흐음."

참가자 막사 각지에서 오고가는 그 음험한 계획들을 들으며, 최원호는 생각에 잠겼다.

'그럼 이걸 어떻게 이용해 줄까?'

한편으론 이런 생각이 들기도 했다.

'그냥 깡그리 무시하고 앞으로 달려도 될 거 같긴 해.'

오히려 수작질을 무시하고 성적에 집중하는 것이 베스트

옵션이라는 생각이었다.

하지만 마냥 무시하는 것도 그리 마음에 드는 쪽은 아니다.

애초에 음모를 알지 못했다면 모를까, 알고도 그냥 넘어가는 것은 께름칙한 일이다.

이런 배신자는 언제든지 다시 준동할 수 있는 법.

불의의 일격을 피하기 위해서라도 선수를 칠 필요가 있다.

"그래, 그럼 이렇게 해야겠네."

최원호는 두 가지 계획을 동시에 실행하기로 결정했다.

건방을 떠는 경쟁자들에게 교훈과 경고, 또는 철퇴를 내리는 것과 함께.

뒤도 돌아보지 않고 전속력으로 미로를 통과하는 것.

협잡질에 정신이 팔린 이들로서는 감히 상상도 하지 못할 계획이었다.

석형우 기자는 함지박 같은 웃음을 짓고 있었다.

"허허, 이거 모처럼 취재 현장이 재밌네."

헌터들이 공략 준비를 위해 막사에 들어온 뒤, 그의 주요 표적은 이규란과 최신우를 포함한 블랙핑거 클랜원들이었다.

속사정을 모르는 입장에서 보더라도, 이들은 최원호와 특별히 가깝게 소통하고 있었고……

이룩한 성취에 비해서 지나치게 큰 역할을 맡고 있었다.

'더구나 전원이 여헌터들.'

사람에 따라 조금씩 다르긴 하지만, 남헌터보다는 여헌터들이 만만한 것이 사실이다.

석형우처럼 나이가 많은 선배 헌터의 입장에서는 더욱 그랬다. 조금 강하게 말하기만 하면 기 싸움에서 우위를 점하고 들어갈 수 있었던 것이다.

그렇기에 석형우 기자는 이규란과 최신우를 집요하게 물고 늘어지고 있었다.

"이규란 마스터, 이제 곧 게이트에 입장하게 될 텐데 영원모래 미로에 대해서는 얼마나 알고 계십니까? 예하 헌터들에게 정보가 충분히 공유되어 있나요? 한채미 헌터님은 어떻습니까?"

보통 공략을 앞둔 헌터들에게는 질문을 하지 않는 것이 관례인데.

'……완전히 제멋대로군.'

하지만 이규란은 애써 한숨을 삭히며 설명을 시작했다.

이런 질문에 제대로 답하지 않으면 엉뚱한 기사가 게재될지도 모른다는 두려움 때문이었다.

"일단 영원 모래 미로는 네 개의 큰 구획으로 나뉘어 있는 것으로 알려져 있습니다. 그리고 저희는 각 구간의 최단 코스를 확보하고 있으며, 공략 효율을 올리기 위해 백수현 마스터와 정보 연구를……."

하지만 바로 그때.

"저, 기자님?"

최원호와 짧은 이야기를 마친 최신우가 슬쩍 끼어들었다.

'이년이 어디 인터뷰 중에 끼어들어?'

석형우는 눈썹을 팍 찡그리며 불쾌감을 드러냈다.

그러나 최신우는 빙긋 웃으며 제 할 말을 하는 것이었다.

"말씀 중에 죄송하지만 그냥 직접 보시는 게 어떨까요? 저희가 얼마나 준비를 했고, 어떻게 공략을 하는지 동행하면서 보시고 기사 쓰세요. 그게 낫잖아요?"

"……."

묘하게 거슬리는 말투.

하지만 석형우는 피식 웃으며 고개를 끄덕였다.

"예. 그러죠, 그럼."

오히려 기회를 잡았다는 생각이 들었으니까.

'이거 재밌네. 백수현은 날 동행시키지 않을 거라고 생각했는데?'

무슨 생각이지?

'공략에 자신이 있다 이건가?'

하지만 공략에 자신이 있든 없든, 기사는 석형우의 뜻대로 작성될 것이다.

만약 백수현이 1위를 차지하지 못한다면.

또는 공략 과정에서 사상자가 발생하기라도 한다면.

'가차 없이 물어뜯어 주지. 펜은 칼보다 강하니까.'

석형우는 진심으로 그 말을 신봉하는 사람이었다.

하지만 보름달 여우의 권능을 통해 그 속내를 읽고 있었던 최원호는 피식 웃고 말았다.

"기레기가 무슨 언론인 흉내를."

그리고 게이트 입장이 시작되었다.

[알림 : 알 수 없는 게이트 '영원 모래 미로'에 입장했습니다.]

[미션 : 살아남아서 미로를 통과하십시오.]

[안내 : 훌륭한 성적을 기록한 헌터에게는 그에 걸맞은 보상이 주어질 것입니다.]

❦

이집트 정부 측 요원의 안내를 따라, 모든 헌터들이 사막 위의 게이트로 이동했다.

그곳에 짙은 광채로 번쩍이는 게이트가 서 있었다.

쉴 새 없이 비산하는 황금빛 모래 알갱이들 사이에 우뚝 선 게이트, 영원 모래 미로.

게이트가 헌터들을 향해 메시지들을 토해 냈다.

[알림 : 현재 게이트에 가까운 1백 명의 참가자에게만 입장이 허락됩니다.]

[안내 : 등급 외 게이트 '영원 모래 미로'에 입장할 수 있습니다. 입장하겠습니까?]

마지막으로 헌터들의 숫자를 확인한 이집트 요원들이 게이트로부터 물러서며 손짓했다.

입장이 시작되었다.

[안내 : 어지러움에 주의하십시오.]

특유의 부유감과 현기증이 헌터들을 덮친 다음 순간.

[알림 : 등급 외 게이트 '영원 모래 미로'에 입장했습니다.]

"오오……."

"여기가 바로 사하라 게이트로군."

그들은 미로의 시작점에 서 있었다.

어둠 속에 잠긴 공동은 그들에게 환영의 인사말을 보내는 것처럼 정보를 쏟아 냈다.

〈영원 모래 미로〉

[게이트] 거대한 사막 아래에는 더더욱 거대한 미로가 잠들어 있습니다. 이 변화무쌍한 미로를 정복하는 자에게는 상상할 수 없는 보상이 주어질 것입니다.

등급 : 알 수 없음

미션 :

1. 살아남으십시오.

2. 미로를 통과하십시오.

특별할 것 없는 정보들.

하지만 '상상할 수 없는 보상이 주어질 것'이라는 대목이 상상력을 자극하고 있었다.

'역시 야수계와 똑같네.'

최원호는 다음 메시지로 시선을 돌렸다.

그것은 긴 스코어보드였다.

[정보 : 역대 참가자의 기록은 다음과 같습니다.]

여태까지 영원 모래 미로를 통과한 모든 헌터들의 성적과 순위.

〈종합 기록〉

[1위 : John(7일 9시간 11분 12초)]

[2위 : Allknown(7일 17시간 39분 9초)]

[3위 : Karabakk(8일 3시간 5분 30초)]

[4위 : NADIA(8일 8시간 49분 58초)]

[……]

1위부터 10위까지는 전 세계인들이 모두 알고 있는 헌터들이 포진해 있었다.

특히 7위까지는 세븐 스타즈라고 불리는 절대 강자들의 이름이 새겨져 있는 상태였다.

28일이라는 제한 시간이 정해져 있는 모래 미로에서, 그들은 열흘도 걸리지 않고 모든 구간을 극복하는 기록을 달성했다.

'한국인 헌터들은?'

11위에 이스케이프의 정석진.

29위에 붉은손 진세희.

그리고 68위에 프리랜서인 헌드레드의 이름까지 기록되어 있었지만…….

역시 가장 눈에 띄는 것은 2위에 랭크되어 있는 올노운의 존재감이었다.

'7일 17시간 39분.'

그는 세계 유수의 헌터들을 밀어내고, 미국의 존 메이든 바로 아래 순위를 기록하고 있었다.

비공식적으로나마 세계 2위 랭커라고 할 수 있는 성적이었다.

그런데 지금은…….

'병실에 누워 있지. 아직 의식도 되찾지 못했고.'

안타깝고도 씁쓸한 기분에 최원호는 쯧 혀를 찼다.

그리고 그 속내를 꿰뚫어 보기라도 한 것처럼 중국의 라오웨이가 이죽거리며 말을 걸어왔다.

"아무래도 너희가 자랑하는 올노운의 기록은 뭔가 잘못된 것 같아. 2위에 랭크된 실력자가 고작 폭탄 공격 한 번에 병원 신세가 되다니."

킥킥거리는 웃음.

"혹시 기록 시스템에 오류가 있었던 것 아닐까? 2 다음에 0이 두 개 정도 빠졌다거나? 그러니까 딱 200위 수준이란 말이지! 푸하하하!"

중국어가 아닌 영어로 떠든 말이었기에 최원호 역시 알아들을 수 있었다.

한국의 자존심이라고 할 수 있는 올노운을 깎아내리며 시비를 걸겠다는 의도가 명백하게 보이는 말이었다.

"……."

하지만 최원호는 대꾸하지 않았다.

'어차피 내 자존심도 아닌데, 뭘.'

올노운과 좋은 감정을 가지고 있는 것은 사실이지만, 그렇다고 해서 대신 분노를 느낄 정도는 아니었다.

'사실 틀린 말도 아니잖아?'

억울하면 그렇게 당하지 말았어야 했다.

신인류에게 어떤 감정을 가지고 있는지 모르겠지만, 좀 더 침착했어야만 했다.

확실하고 완벽하게 그 사건을 처리하는 것.

'그게 세계 2위로서의 자존심을 지키는 일이지.'

상념을 거둔 최원호.

라오웨이를 슬쩍 바라본 그가 시큰둥한 목소리로 대꾸했다.

"너희 자류단의 마스터인 레이황은 아슬아슬하게 10위로군. 이제 곧 멀리 밀려날 것 같고."

"……뭐? 우리 마스터께서 밀려 나갈 거라고?"

순간적으로 이야기를 알아듣지 못한 라오웨이가 미간을 찌푸렸다.

그러다가 이내 깨달았다.

'뭐야? 지금 본인이 10위 안에 들어갈 거라고 말한 건가?'

그렇다면 정말 웃기는 소리였다.

이 영원 모래 미로를 포함한 등급 외 게이트들은 등급이 매겨진 보통 게이트들과 판이하게 달랐다.

레벨이 높다고 안전하지도 않고, 전투력이 좋다고 빠르게 통과할 수 있는 것도 아니다.

'헌터로서 가진 통찰력과 재능이 평가되는 무대.'

한번 들어왔던 헌터들은 특별한 사유 없이는 다시 입장하는 것이 허가되지 않는다.

설령 다시 들어온다 하더라도, 자신이 세웠던 기록을 뛰어넘는 것이 불가능하다고 여겨지는 게이트였다.

그런데 이놈은 대담하게도 그중 한 자리를 빼앗겠다고 선언한 것이었다, 기분 나쁠 정도로 무덤덤한 목소리로.

"어이!"

라오웨이는 얼굴을 구기며 수하들에게 손짓을 보냈다.

손가락 두 개를 들어 올리는 제스처.

바로 두 번째 작전을 택하겠다는 의미였다.

앞서 히카리과 맺었던 밀약을 적극적으로 이용해서 한국 팀부터 밀어 버린 뒤에 일본 팀을 공격하겠다는 내용.

'1구획 아니면 2구획.'

동선이 겹치는 즉시 중국 헌터들의 공세가 시작될 것이다.

한편, 일본 팀에서는…….

"히카리 상, 분위기를 보니 한중 사이에서 전투가 벌어질 것 같습니다만."

"백수현이 라오웨이와 싸우게 되면 그때가 적기입니다."

"진재욱이 제 역할을 해 준다면 우린 피 한 방울 흘리지 않고 선두로 나설 수 있겠습니다."

희망찬 보고들이 흘러나오고 있었고, 리더인 히카리는 의미심장한 미소를 짓고 있었다.

'상황이 잘 풀리면 한국 팀을 전원 탈락시키고 시작할 수도 있겠는데?'

한국 팀을 탈락시키고 중국 팀에게 압승을 거둔다.

'이보다 나은 시나리오는 없겠지.'

성공적으로 진행된다면 본국에서 영웅이 되는 것은 시간 문제에 불과했다.

"후후후……."

히카리는 절로 나오는 웃음을 최대한 참으며 정면을 바라보았다.

게이트의 메시지가 헌터들에게 환영 메시지를 보내오고 있었다.

[안내 : 영원 모래 미로의 도전이 시작됩니다.]

[미션 : 살아남아서 미로를 통과하고 출입구로 돌아오십시오.]

[정보 : 이 게이트의 제한 시간은 28일입니다. 제한 시간 내에게 완주하지 못한 참가자는 일괄적으로 퇴장 조치됩니다.]

[정보 : 참가자가 게이트를 완주하지 못한 경우, 모든 보상은 몰수됩니다.]

제한 시간과 보상 몰수 규칙.

가장 먼저, 기본적인 규칙에 대한 공지가 주어졌고……

[안내 : 4개의 구획은 각각 5개의 코스로 구성되어 있으며, 헌터들은 각자 원하는 코스를 선택하여 통과할 수 있습니다.]

[안내 : 모래 미로의 구조를 파악하기 위해 '견학 기능'을 활용할 수 있습니다. 장애물 없이 미로를 살펴볼 수 있습니다. 단, 견학 역시 공략 기록에 포함됩니다.]

뒤이어 이 '영원 모래 미로' 게이트를 이루고 있는 세부적인 규칙들이 출력되기 시작했다.

[정보 : 숫자가 커질수록 구획과 코스의 어려움 정도가 상승합니다.]

[정보 : 어려운 코스는 빠르게 공략될 가능성이 있습니다.]

[경고 : 단, 최고난도 코스에서 흐르는 시간은 외부와 다를 것입니다. 이에 주의해야 합니다.]

코스에 따라 달라지는 난이도.

그리고 고난도일수록 극복 시간이 짧아지며…….

'가장 어려운 5번 코스에서는 시간 압축 현상이 일어난다.'

공지된 것과 같이, 각 구획의 5번 코스가 문제였다.

5번 코스를 택하는 경우, 공략 시간은 획기적으로 줄일 수 있지만, 내부에 들어간 헌터가 체감하는 시간은 오히려 가장 길어진다. 그 말은 위험도 역시 증가한다는 뜻이고, 공략이 문제가 아니라 생존을 장담할 수 없게 된다는 뜻이었다.

하지만 부나방처럼 5코스에 달려드는 헌터들은 너무나 많았다.

[정보 : 참가자에게 주어지는 보상은 상대평가 보상과 절대평가 보상으로 나뉩니다. 보상 내용은 공략을 모두 완료한 뒤에 각자 확인할 수 있습니다.]

공략 시간을 줄일수록 보상의 내용이 좋아지는 이 모래 미로의 특성상, 그건 피할 수 없는 일이었다.

모두에게 메시지가 떠올랐다.

[알림 : 1구획이 준비되었습니다.]
[안내 : 참가자 전원은 1, 2, 3, 4, 5번 코스 중에서 선택하여 입장해 주시기 바랍니다.]

선택의 시간을 마주한 헌터들의 표정이 신중해졌다.

현명하게 해야 한다.

'그래도 1구획과 2구획의 5코스는 할 만하다고 하는데.'

'3구획 5코스는 SSR급의 재능이 아니면 위험하다고 했어.'

'마지막인 4구획 5코스는 최강자들의 전유물이나 다를 바 없지.'

'전부 5번 코스만 선택하고 통과한 헌터들은 지금까지 스무 명도 되지 않는다…….'

뒤로 갈수록 공략은 어려워지는데 헌터들은 점점 지쳐 간다.

단순히 접근하기보다는 한정된 자원을 계획적으로 나누어야 한다는 것이다.

코스를 선택하는 것부터 까다로운 일이었으므로, 정보력을 갖춘 대형 클랜들은 소속 헌터를 위해서 최적의 코스를 만들어 주곤 했다.

그리고 중국과 일본을 대표하는 클랜들에 소속된 라오웨이와 히카리의 선택은 '5543'이었다.

'2구획까지는 5코스, 3구획에서는 4코스, 4구획에서는 3코스.'

최고 수준의 유망주들이 선택하는 코스를 점찍은 것이다.

'모의 평가로는 5544도 가능하지만, 실전에서는 한 단계 안전하게 간다.'

'5543 코스를 제대로 뚫기만 해도 역대 100위 안에 들 수 있어!'

자류단의 후계자라고 불리는 라오웨이와 은양성의 미래라고 불리는 히카리였기에 그 이하로 타협하는 것은 용납할 수 없었다.

이조차도 모든 헌터들이 따를 순 없었고, 수준별로 팀을 쪼개서 공략을 진행할 예정이었다.

'자, 그럼 한국 팀의 선택은?'

'백수현 마스터, 어떻게 할 건가요?'

두 남녀의 시선이 한국인 헌터들에게로 향했다.

그들은 한국 팀이 어떤 식으로 선발되어 이곳에 왔는지 알고 있었다. 자신들과는 달리, 하나의 클랜이 아니라 여러 클랜에서 차출한 헌터들.

곧 이들과 다투어야 하는 입장이었으니 무엇보다 실력과 코스 선택이 궁금했던 것이다.

"……."

그건 진재욱 역시 마찬가지였다.

'백수현. 그래도 1구획에서는 5번 코스로 가겠지?'

최원호와 같은 한국 팀이었지만, 이미 각자 행동을 선언했기에 그의 계획을 알지 못하는 상태.

내심 같은 코스에서 짓눌러 버리기를 바라고 있었다.

그리고 진재욱의 그런 기대는 부응받았다.

"우리 한국1팀은 1구획 5번 코스로 간다."

최원호를 따르는 모두가 5번 코스를 선택한 것이다.

그러자 시스템 메시지는 기다렸다는 것처럼 떠올랐다.

[알림 : 인식된 헌터들이 1구획 5번 코스에 입장합니다.]

'……역시.'

'그래, 그 정도는 해 줘야죠.'

'좋아. 이렇게 되면 1구획에서 전투가 일어날 수도 있겠어.'

히카리, 진재욱, 라오웨이는 자신들의 예상이 정확히 들어맞았다는 사실에 즐거움을 느끼고 있었다.

그런데 다음 메시지부터 조금 이상해지기 시작했다.

　　[안내 : 2구획의 코스를 미리 지정할 수 있습니다.]

　　[정보 : 다음 코스를 지정해 두는 경우, 공략 시간 산출에 보너스가 주어집니다.]

　　[경고 : 선지정된 코스는 변경할 수 없습니다. 확신이 없다면 지정하지 마십시오!]

1구획을 시작하기 전에 2구획의 코스를 미리 지정하면 최종 성적에 보너스를 받을 수 있다는 이야기였다.

이는 이전 구획에서 어떤 상태로 통과했는지를 고려해서 다음 코스를 선택하는 자유도를 포기하는 것.

주어지는 성적 보너스보다 오히려 잃는 것이 많아지는 선택이었다.

그렇기에 대부분의 헌터들은 거들떠보지도 않았다.

차라리 멘탈을 잘 챙겨서 코스 공략에 집중하자는 것이 대세였던 것이다.

하지만.

"2구획의 코스를 5번으로 지정한다."

모두가 보는 앞에서 최원호는 2구획의 코스를 선지정했다.

'……오만하군, 빵즈.'

잠시 당황했던 라오웨이는 이내 정신을 차리고 피식 웃었다.

'흐음, 자신감인가요? 아니면 허장성세?'

히카리는 눈을 가늘게 뜨며 상대의 의도를 파악하기 위해 노력했다.

'백수현, 모난 돌이 정을 맞는다고 했다. 날 원망할 필요도 없겠군.'

팔짱을 끼고 있던 진재욱 또한 그것이 쇼맨십에 가까운 무언가로 생각할 따름이었다.

그러나 최원호의 입이 다시 열렸을 때.

"3구획의 코스도 5번으로 지정한다."

"……?"

"그리고 마지막 4구획도 5번 코스로 미리 지정하겠다."

"……!"

모두의 눈동자에 경악의 감정이 깃들었다.

5555.

일명 로열 로드.

세븐 스타즈이거나 그에 준하는 세계 최강의 헌터들만이 선택했던 코스가 선택된 것이다.

그것도 미리 지정을 통해서!

역대 1위를 기록한 세계 최강자 '존 메이든'마저도 그렇게 하지는 못했다.

호승심과 자만심으로 가득 찬 몇몇이 로열 로드를 선지정한 적은 있었지만, 미로를 통과하는 것에는 모두 실패했다.

그야말로 전인미답의 영역에 도전장을 낸 것이나 다름없었다.

"저 미친놈이……!"

"뭐 하는 짓이죠?"

"어이, 정신이 나간 거냐?"

상황을 이해하지 못한 세 사람은 헛웃음을 지으며 상대에게 다가갔다.

하지만 최원호는 돌아보지 않았다.

다른 이들의 눈치를 살피지도 않고 저벅저벅 걸음을 옮기기 시작했다.

타국의 헌터들이 어느 코스로 가는지 따위는 딱히 알 필요가 없다는 것처럼.

그리고 그 누구도 자신을 방해할 수 없다는 것처럼 모래벽에 시선을 고정하고 있었다.

"……."

당돌한 태도에 라오웨이, 히카리, 진재욱이 잠시 멍하니 굳어 있던 그때.

최원호에게 시스템 메시지들이 출력되었다.

　[알림 : 모든 구획의 공략 코스가 결정되었습니다. 돌이킬 수 없습니다.]
　[업적 : 가장 어려운 코스들을 선택했습니다.]
　[알림 : 칭호 '미치광이 도전자'가 복구됩니다!]
　[안내 : 게이트를 통과하는 경우, 매우 큰 성적 보너스가 주어집니다.]

그리고 모래의 벽이 파스스 갈라지기 시작했다.
드디어 시작된 것이다.

　[안내 : 1구획 5코스에 입장합니다.]

모두에게 모습을 드러낸 광활한 모래 미로.
최원호는 일말의 망설임도 없이 앞으로 발걸음을 옮기고 있었다.

✦

등급 외 게이트 '영원 모래 미로'의 공략이 시작되었다.

[알림 : 90명의 헌터가 1구획 5코스에 입장했습니다.]

아흔 명.

1구획에서 5코스가 아닌 하위 코스를 택한 헌터들은 고작 열 명에 불과했다.

그것도 한국 팀에서는 한 사람도 나오지 않았고.

'······우리 은양성에서 네 명, 자류단에서 여섯 명만이 하위 코스를 택했다.'

히카리는 헛웃음을 짓고 있었다.

'말도 안 돼. 아흔 명이나 5코스를 선택하다니.'

지나치게 많은 헌터가 최고난도 코스에 참가한 상황이었다.

이전 공략 기록들을 살펴보면, 1구획에서 5코스를 택하는 헌터들은 많아야 쉰 명 내외에 불과했다.

그리고 그들 중 열 명은 1구획 5코스를 통과하지 못하게 되고.

통과한 마흔 명 중 스무 명은 2구획에서 5코스를 포기하게 된다.

'지쳤으니까.'

그만큼 5코스는 최고난도라는 이름값을 톡톡히 하는 코스였다.

1구획이라고 해도 절대로 만만히 볼 코스가 아니었던 것이다.

'그래서 더 많은 인원에게 안전한 선택을 권하려고 했는데…….'

갑자기 백수현이 로열 로드를 선택하자 그럴 수가 없게 되었다.

심지어 한국 팀 전원이 5코스를 택한 상황.

일본 팀은 무리를 해서라도 5코스를 따라가야만 했다.

중국 자류단 역시 사정은 비슷했다.

4코스나 3코스로 보내려고 했던 헌터들을 대거 5코스에 투입하며, 최선을 다해 한국 특무조를 따라가기로 한 것이다.

하지만 그럼에도 불구하고 수적 우위에 의한 우세 상황은 이미 흔들리기 시작한 상태였다.

한국 팀 스물여섯 명.

일본 팀 스물여덟 명.

중국 팀 서른네 명.

이 정도는 누가 누구와 손을 잡는지에 따라 얼마든지 상황이 바뀔 수 있는 차이였으니까.

그리고 이러한 균열은 첫 번째 전투부터 증명되기 시작했다.

　　[안내 : 1구획의 테마는 '전의'입니다. 싸움에 대한 의지를 잃지 말고 전진하여 코스를 극복하십시오.]

전의(戰意).

싸움에 대한 의지.

설정된 주제에 따라서, 레벨 50 내외의 B등급 몬스터들이 헌터들의 진로를 가로막았다.

키릿-!

크르르륵!

갈라진 혓바닥을 날름거리는 데저트 리자드맨들.

이 몬스터들이 참가자들의 전의를 시험하는 것이다.

하지만 삼국의 헌터들은 살짝 물러서는 것과 함께 서로의 눈치를 살피기 시작했다.

어찌 보면 당연한 행동이었다.

이제 갓 공략이 시작된 참이니, 굳이 나서서 싸우고 힘을 빼기보다는 다른 진영이 싸우도록 미루면서 전력을 최대한 보존하는 쪽이 낫다는 판단이었다.

'어차피 공략전은 일본 팀이 맡아 주기로 했다.'

한국2팀을 지휘하는 진재욱 역시 일본 팀의 뒤편에서 상황을 관망하기를 택했다.

하지만 한국1팀의 판단은 달랐다.

"이규란 마스터, 갑시다."

"네!"

다섯 명의 전위가 망설임 없이 앞으로 쏘아져 나갔다.

정점에 선 최원호의 생각은 지극히 간단했다.

'경험치를 마다할 필요가 있나?'

처형자 재규어의 권능을 발동시킨 그는 데저트 리자드맨들의 전열을 파고들어 헤집기 시작했고……

"파이어릭 인펙션!"

후위에 선 최신우의 영창에 따라 불길의 선이 따라붙고, 균열을 확대시키면서 길을 만들었다.

콰르르르륵!

단순한 전략이었다.

몬스터들이 대항할 틈을 주지 않고 박살 내면서 앞으로 뚫고 나간다.

계속해서 달린다.

'뒤에 잔챙이가 좀 남더라도 상관없어.'

어차피 이 구획의 테마는 '소탕'이 아닌 '전의'다.

'몬스터들의 추격은 이루어지지 않고, 놈들에게 치명상을 입히지 않더라도 경험치 혜택은 충분히 주어지거든.'

연이어 출력되는 시스템 메시지들.

　[알림 : B등급 몬스터 '데저트 리자드맨 방패잡이'를 처치했습니다.]

　[알림 : B등급 몬스터 '데저트 리자드맨 창잡이'를 제압했습니다.]

　[알림 : B등급 몬스터 '데저트 리자드맨 마술사'를 처치했습니다.]

　[……]

[업적 : 대단한 전의입니다. 경험치 보너스가 주어집니다!]

[알림 : 레벨이 올랐습니다!]

[알림 : 레벨이 올랐습니다!]

[알림 : 무기 '해청'의 레벨이 올랐습니다!]

-그래, 이거지!

'좋단다.'

-주인은 안 좋아?

'사실 나도 좋아.'

최원호는 해청과 함께 성과를 만끽하며 계속해서 전진했고.

"오오……!"

"미친, 레벨이 또 올랐어!"

그의 뒤를 바짝 따르며 손을 보태고 있는 헌터들 역시 비슷한 혜택을 받고 있었으므로 기쁨을 참지 못하는 얼굴들이었다.

이에 반해 나머지 헌터들은 어리둥절한 상태였다.

'백수현, 무슨 생각이냐?'

'뭐죠? 그만큼 자신이 있다는 건가요?'

'또 건방진 짓거리를……!'

그들이 생각하기에는 무엇보다 안전하게 코스를 통과하는 것이 중요했다.

그러니 상대가 자진하여 위험한 선봉을 맡는 상황을 좀처럼 이해할 수가 없었던 것이다.

"이, 일단 따라가겠어요!"

한국1팀의 바로 뒤편에 있었던 히카리와 은양성의 헌터들은 다급히 뒤를 따르기 시작했고…….

"추격한다!"

"비에뤄후!(뒤처지지 마라!)"

한국2팀과 자류단 헌터들 역시 달리기 시작했다.

그러다가 그들은 어느 순간엔가 깨달았다.

앞서 달리는 백수현이 단 한 번도 길을 망설이지 않고 있다는 것을.

그리고 막다른 골목을 만난 적도 없다는 것을 말이다.

'이게 뭐지? 어떻게 이럴 수가?'

쉽사리 이해할 수 없는 상황 속에서 자류단의 헌터들은 크나큰 오판을 저지르고 말았다.

"라오웨이 님, 한국 팀의 준비가 생각보다 철저한 것 같습니다!"

"아무래도 백수현을 빨리 공격해야 할 듯합니다."

"이대로라면 일본 팀이 우리가 아니라 백수현과 손잡을 가능성이 생길지도 모릅니다!"

최원호의 한국1팀을 공격하는 것.

"어쩔 수 없군. 눈에 띄지 않게 준비하도록."

그것은 불안한 상황을 정돈해야겠다는 과욕에서 비롯된 최악의 한수와도 같았다.

[안내 : 현재까지 경과된 시간은 '8시간 57분 19초입니다.]

당연한 말이지만, 최원호를 따르는 한국 헌터들이 모두 '로열 로드'를 택한 것은 아니었다.

최신우를 비롯한 몇 사람만이 '5554'를 골라 둔 상태였고.

다른 이들은 '5532'이나 '5421' 등의 코스를 선택했다.

공략법은 알려 주겠지만, 각자 자신의 수준을 파악하고 코스를 맞추어야만 한다는 점을 최원호가 강조했기 때문이다.

하지만 처음부터 끝까지를 그를 따라가야겠다고 생각하고 있는 헌터가 전혀 없는 것은 아니었다.

바로 석형우 기자였다.

그는 기자로서 모래 미로에 들어왔기에 남다른 접근법을 가지고 있었고.

'백수현을 방패로 써야겠다.'

놀랍게도 이것은 실제 그의 생각이었다.

그리고 1구획에서의 첫날이 성공적으로 흘러가는 것을 보며 확신하고 있었다.

'이거 정말 손 안 대고 코 풀 수 있겠는데?'

최원호의 뒤를 졸졸 따라간다는 것.

이 조악한 아이디어는 헌터가 아니었기에 가능한 발상이었다.

'내가 정 위험해지면 코스 진행을 멈추고 28일이 지나갈 때까지 기다리면 돼. 어차피 취재만 할 수 있으면 장땡이지.'

큰 기대는 하지 않지만, 이 특무조장이 정말 로열 로드에 걸맞은 헌터라면?

'그냥 뒤를 졸졸 따라가기만 해도 통과할 수 있을지도 모르지. 물론 프리 라이딩 페널티가 있긴 하겠지만.'

그래도 통과하는 게 어디야?

'무려 로열 로드인데!'

그리고 그의 작전은 성과를 거두기 시작했다. 1구획에서 최원호가 파죽지세로 코스를 정복하며 앞으로 달려 나갔고.

중국과 일본 헌터들이 그것을 미처 따라가기도 벅찰 만큼 빠르게 공략을 진행시키고 있었던 것이다.

하지만 내심 두렵기도 했다.

최악이라고 불리는 4구획 때문이었다.

'마지막 4구획의 다른 이름은 환영의 구획이지.'

이 구간 안에서는 실체가 없는 악몽들이 헌터들의 발목을 붙잡는다.

지금까지 겪어 온 경험을 재료로 만들어진 끔찍한 환영들이 길을 막으며 덤벼드는 것이다.

다행인지 불행인지 물리적인 공방은 이루어지지 않는다.

그러니 단지 견디고 버티면서 앞으로 나아가기만 하면 될 것 같지만…….

'환영들은 서서히 정신을 좀먹는다지?'

결국 마지막에 가면 모두 눈과 귀를 막고 걷게 된다는 극악한 구획이었다.

정신력, 운, 과거의 경험까지.

여러 요소가 복합적으로 작용하는 미로였다.

'하지만 이걸 반대로 말하자면, 선두를 맡아 주는 길잡이가 있다면 의외로 어렵지 않게 코스를 극복할 수 있다는 뜻으로 분석할 수도 있다.'

길잡이가 시원치 않다?

그럼 포기하면 그만이다.

어차피 손해 볼 건 없으니까.

'3구획 5코스도 쉽진 않겠지만 마찬가지로 백수현의 뒤를 따라가면 해 볼 만할 거야. 이규란이나 한채미도 있고.'

석형우는 좋은 성적을 내기 위해서 미로에 들어온 것이 아니었다.

중도 포기를 하더라도 괜찮은 기삿거리만 건질 수 있다면 그걸로 충분하다는 자세였다.

'어느 쪽이든 나쁘지 않아.'

그는 속으로 킬킬 웃으며 걸음을 재촉했다.

상대적으로 단순한 축에 드는 1구획이 서둘러 마무리되고, 흥미로운 기삿거리가 나올 만한 고난도의 구획으로 어서 넘어갔으면 하는 마음이었다.

하지만 석형우의 기대는 180도 다른 형태로 되돌아왔다.

[안내 : 현재까지 경과된 시간은 '12시간 9분 23초입니다.]

1구획의 첫 번째 날이 절반 정도 흘렀을 무렵.

"췐뿌샤띠아오!(모조리 죽여 버려!)"

중국인 헌터들로부터 날카로운 고함이 터져 나오고.

"전원 전투 준비!"

일본 팀과 섞여 있던 한국2팀 헌터들이 무기를 뽑으며 대응을 시작한 것이다.

"자, 잠깐……!"

이런 것도 기삿거리가 된다면 되겠지만.

'일단 기본적인 안전에 문제가……!'

그러나 이미 늦었다.

"빵즈! 꿜라이!(이리 와!)"

검을 뽑아 들고 야차 같은 얼굴로 달려드는 중국인 헌터에게, 석형우는 대적할 수 없었다.

'프리 라이딩을 하시겠다?'

난 처음부터 놈의 속내를 꿰뚫어 보고 있었다.

굳이 보름달 여우의 권능을 사용할 것도 없었다.

헌터 출신이라고는 하나 현역에 물러난 기자가 최고난도인 4구획 5코스까지 따라오겠다고 하는 것은, 누가 봐도 업혀 가겠다는 의도가 명백하게 드러나는 일이었다.

하지만 경고하지도 않았고, 제지하지도 않았다.

휘하 헌터들에게는 수준에 맞는 코스를 택하라고 조언했으나 석형우에게는 그럴 이유가 없었다.

놈은 애초부터 게이트를 공략하러 들어온 사람이 아니었으니까.

그래서 그대로 둔 것이다.

이윽고 중국인들이 시비를 걸어오고, 진재욱이 거기에 대응하며 싸움이 시작되었을 때…….

'잠깐, 여기서 떼어 낼 수도 있겠는데?'

오히려 기회를 잡았다는 생각이 들기도 했다.

걸리적거리는 짐 덩이를 떼어낼 절호의 찬스.

하지만 이내 마음을 고쳐먹었다.

'쯧, 그래도 그럴 순 없겠지.'

떼놓는 것이 문제가 아니다.

아마 놈이 죽을 거다.

'진재욱이나 다른 헌터들은 그렇지 않겠지만, 비전투원인 석형우는 사망할 확률이 높아.'

자류단의 헌터들이 위협만 가하겠다고 하더라도, 석형우의 전투력이 워낙 구려서 그렇게 될 가능성이 컸다.

타국의 헌터들에게 살해당하는 일.

지금은 팀이 쪼개진 상황이지만, 나는 특수무장조의 책임자이자 통솔자로서 그런 먹물이 튀는 것은 용납할 수 없었다.

그리고 무엇보다 밉상이긴 해도 석형우에게는 나름의 역할이 있었다.

'기왕 모시게 됐는데, 한국 돌아가서 기사 한번 시원하게 써 주셔야지?'

석형우는 이번 공략의 목격자가 될 것이다.

그러니 허무하게 죽게 내버려 두진 않을 거다.

[권능 : '추격자 치타의 질주'.]

나는 속도를 극한까지 끌어 올리며 헌터들의 싸움이 일어난 한복판으로 뛰어들었다.

그리고 석형우의 멱살을 움켜잡았다.

"커억……!"

이미 자잘한 상처를 입은 석형우의 눈동자가 화등잔만 하게 커졌다.

"배, 백수현 헌터!"

복잡한 감정이 담긴 외침이었다.

하지만 나는 대꾸하지 않고 움직였다.

'마침 적당한 위치야.'

나에게 엿을 먹이려고 했던 헌터들을 파묻어 버리기에 딱 좋은 구간. 신우와 이규란에게 가볍게 손짓을 보냈다.

'앞으로 달릴 준비해.'

고개를 끄덕인 두 사람이 헌터들을 이끌고 다시 앞으로 달려 나갈 자세를 취한 그 순간.

"……."

나는 속으로 짧은 마법 주문 하나를 영창했다.

그러자 모래 미로의 바닥이 퍽 하고 내려앉았다.

이윽고 헌터들 사이에서 솟구친 것은 작은 분수였다.

푸우우우우—!

'메이킹 워터.'

생존 마법 중 하나로서, 헌터들이 마실 수 있는 작은 물줄기를 만드는 용도였다.

하지만 그보다는 조금 더 크고, 모두가 아공간에 식수를 보전하고 있는 현재 시점에서는 사용할 일이 없는 마법이었다.

"뭐야?"

"갑자기 무슨 분수를?"

막 싸움을 시작한 헌터들은 어처구니가 없다는 표정으로 나를 돌아보고 있었다.

하지만 반응은 엉뚱한 곳에서 돌아왔다.

크르르르……!

이미 지나온 어둠 속, 수십 마리의 데저트 리자드맨들 사이로 특별히 노란 빛으로 번쩍이는 눈동자 한 쌍이 보였다.

유난히 짙은 살기를 풀풀 흘리는 거구의 리자드맨이었다.

"이런 썅!"

한국인 헌터 하나가 비로소 상황을 깨달았는지 욕설을 내뱉었다.

"돌발 이벤트잖아!"

그래, 바로 그거다.

　　[알림 : 돌발 이벤트 '공수병 리자드맨 도살자의 등장'이 발생합니다!]

그건 너희끼리 싸울 때가 아니라는 뜻이었다.

"뛰어! 이 새끼들아!"

"저 개새끼!"

진재욱은 몸의 방향을 바꾸어 달리기 시작했다.

"도살자 이벤트를 모를 리가 없는데! 노린 거야, 이건!"

영원 모래 미로에는 수십 개의 돌발 이벤트가 준비되어 있었다.

몇몇은 아직도 그 작동 조건이 제대로 밝혀져 있지 않았고, 공략법 역시 세워지지 못했지만······.

공수병(恐水病) 리자드맨 도살자의 등장.

이것만큼은 그렇지 않았다.

'마실 수 있는 깨끗한 물이 모래 미로의 바닥에 부어졌을 때.'

'그리고 그 소리를 같은 코스의 모든 헌터가 들었을 때.'

이렇게 두 가지 조건이 성립되면, 물을 싫어하는 리저드맨 미니 보스가 코스 뒤쪽에서 등장해서 추격을 시작하는 이벤트였다.

함께 나타나는 스무 마리의 리자드맨 졸개들은 덤.

'발동 조건에 비해서 상당히 까다로운 돌발 이벤트야. 이미 널리 알려진 이벤트이기도 하고.'

백수현 측은 분명히 이것을 노린 것이다.

그것을 직감한 진재욱은 이를 바드득 갈고 있었다.

"대가리 굴리는 것 하나는 기가 막히는군······."

앞서 중국 팀에서 시비를 걸어왔을 때, 그는 내심 쾌재를 부르며 응전했다.

한국1팀이 예상을 완전히 벗어나는 대활약을 보이고 있었기에 초조함을 느끼던 차였다.

　일본 팀에서 생각을 바꿔서 협력을 포기하기라도 하면 불리해질 수밖에 없었으니까.

　그래서 자류단의 어린 헌터 하나가 무기 분실을 운운하며 덤볐을 때, 오히려 앞으로 나서서 주먹을 꽂아 버린 것이다.

　기다렸다는 듯이 시작된 싸움.

　그러나 거꾸로 당했다.

　헌터들은 뒤를 쫓아오는 리자드맨 도살자를 피해서 미친 듯이 달릴 수밖에 없었다.

　"진재욱 헌터님! 그냥 싸우면 안 됩니까?"

　수적으로나 전투력으로나 우위에 있는 것이 당연한 헌터들이 줄행랑을 놓는 것을 이해하지 못한 한 사람이 소리친 것이다.

　하지만 진재욱은 얼굴을 와락 찌푸리며 이렇게 대꾸했다.

　"뒈지기 싫으면 입 닥치고 뛰어!"

　달리는 헌터들이 모두 힘을 합치면 못 이길 까닭이 없다.

　당연히 압도적으로 리자드맨들을 때려잡을 수 있을 것이다.

　하지만…….

　'방금까지 싸우고 있었는데 어떻게 협력을 할 수 있겠냐고!'

　'빌어먹을! 교활한 빵즈!'

　진재욱과 라오웨이는 그게 될 턱이 없다는 것을 너무나 잘 알고 있었다.

막 싸움을 시작한 참인데, 한순간에 낯빛을 바꾸어 협력하는 것은 같은 국적의 헌터들이라도 불가능한 일이었다.

더구나 두 진영의 목적은 서로를 낙오시키기 위한 것이었으니 더더욱 그럴 수밖에 없었다.

그리고 한국1팀과 일본 팀.

달리는 대열의 가장 앞부분에 있는 그들 사이에서는 미묘한 공기가 흐르고 있었다.

"스게…….(대단해.)"

일본인 헌터들을 이끄는 히카리는 정신없이 달리는 와중에도 최원호의 뒷모습을 바라보며 생각에 잠겨 있었다.

'저 남자, 정말 보통이 아니었군요. 어떻게 순간적으로 그런 기지를 발휘한 건지!'

미리 작전을 세워 두고 움직이는 것은 누구나 할 수 있는 일이다.

아니, 어느 정도 게이트에 익숙해진 중견급 헌터라면 어렵지 않게 할 수 있는 일이었다.

그러나 순간적으로 센스를 발휘해서 상황을 바꾸는 것.

이것은 그 자체로 재능이며 천재성을 드러내는 결정적인 순간이었다.

방금 저 남자는 그것을 완벽하게 해냈다.

'백수현이라고 했나요? 어쩌면 진재욱 헌터와는 비교할

수 없는 재능을 가지고 있을지도…….'

히카리는 입맛을 다시며 이번 게이트의 작전을 다시 검토하기 시작했다.

약속했던 작전을 제대로 시작하지도 못한 바카야로가 아니라, 눈부시게 빛나는 활약을 펼치고 있는 오지사마(왕자님)와 손이 잡는 것이 낫겠다는 생각.

그러나 그녀의 새로운 계략은 운을 떼기도 전에 침몰되고 말았다.

[알림 : 돌발 이벤트 '나태한 자의 지옥'이 발생합니다!]

앞서 발생한 돌발 이벤트 '공수병 리자드맨 도살자의 등장'을 해결하기도 전에, 또 하나의 새로운 이벤트가 시작된 탓이었다.

"나태한 자의 지옥……?"

"뭐야? 난 이런 이벤트는 들어 본 적이 없는데?"

당황한 헌터들이 웅성거리던 그때.

퍽!

가장 후미에서 달리던 중국인 헌터의 머리가 아무런 이유도 없이 터져 나갔다.

그리고 10초 뒤.

퍼억!

또 한 사람이 더.

"뭐, 뭐야……?"

리자드맨들은 헌터들에 비해서 발이 느렸기에 한참이나 뒤에서 달려오고 있었다.

놈들이 보이지 않게 쏘아 보내는 화살 따위도 없었건만−.

퍼어억!

세 명의 자류단 헌터가 연이어 쓰러지고 말았다.

"허어억!"

"귀, 귀신이야!"

"라오웨이! 라오웨이이이이!"

공포에 사로잡힌 중국인들이 비명을 내지르고 있었다.

하지만 그것은 귀신의 소행 따위가 아니었다.

오히려 인과응보라고 할 수 있는, 지극히 당연한 현상이었다.

❦

이벤트 발동 조건은 다음과 같다.

　−24시간 이내에 모든 헌터들이 코스의 절반 이상을 통과했을 때.

　−그리고 전투 기여를 올리지 못한 헌터가 한 명 이상 존재할 때.

……돌발 이벤트 '나태한 자의 지옥'이 시작된다.

내가 미친 듯이 속도를 내서 1구획을 달려온 것은 기록을 단축하겠다는 목표도 있었지만, 바로 이 이벤트를 이끌어 낼 목적이 컸다.

'하라는 공략은 안 하고 엉뚱한 짓거리만 하는 놈들에겐 이게 딱이거든.'

무임승차자를 위한 맞춤형 이벤트였다.

사냥을 남들에게 맡기기만 했던 놈들에게, 머리통이 가열되다가 폭발하는 저주 마법 '사이킥 히팅'이 주어지는 것이다.

이벤트 대상으로 지목된 이들은 저주 마법에 대항하기 위해서 마력을 끌어 올려야만 했는데, 그마저도 서투르게 하면 그대로 끝장이었다.

픽!

방금 네 번째로 터져 버린 저 중국인처럼 말이다.

그래도 몇몇은 저주 마법에 대항하고 있을 텐데, 네 명이나 쓰러지다니.

'무임승차자가 참 많기도 하네. 자류단은 제일 뒷줄에서 놀고먹기만 했나?'

석형우 기자도 내 뒤를 졸졸 따라오면서 한둘 정도는 리자드맨을 사냥했기에 사이킥 히팅을 면할 수 있었다.

이것은 정말 말 그대로, '나태한 자의 지옥'이었다.

퍼억!

"츠, 츠바키-!"

이번에는 일본 팀에서 한 사람이 죽었다.

"베쿠수혼 상! 조또마떼!"

……베쿠? 조또 뭐?

-아마 '백수현 님! 잠시만요!'라는 뜻일걸.

허리 어림에 걸려 있던 해청이 슬쩍 끼어들어 설명해 주었다.

내 이름을 소리친 사람은 바로 일본 팀을 이끄는 히카리였다.

갑자기 앞까지 치고 나오는 움직임에 블랙핑거의 헌터들이 무기를 뽑으며 그녀의 진로를 가로막았다.

"뭐냐? 미쳤냐?"

"저리 안 꺼져?"

그러나 여헌터는 끈질기게 따라붙으며 나에게 소리쳤다.

"디스 이벤토! 이스케-푸! 구다사이!"

"……?"

-이번 이벤트에서 탈출하도록 도와 달라? 이런 뜻인 것 같은데?

"일본어는 어디서 배운 거야?"

-헤헤…….

하지만 내가 달리 해 줄 말은 없었다.

내가 유도하기는 했지만, 이 돌발 이벤트는 무임승차자들의 문제에서 시작된 것이었다.

그리고 무엇보다도, 돌발 이벤트의 대상이 된 헌터들은 어떻게 하면 그 저주로부터 벗어날 수 있는지 이미 알고 있을 것이다.

[경고 : 전의를 가지십시오.]
[경고 : 전의를 가지십시오.]
[……]

이 구획의 본질을 돌아보라는 엄중한 경고 메시지가 눈앞을 채우고 있을 터.

내 도움이 없더라도 극복할 수 있는 이벤트였다.

'하지만 쉽진 않겠지.'

조건이 달성되기 어려운 만큼, 주어지는 페널티에 불만을 제기하기도 쉽지 않은 이벤트였다.

그리고 일단 시작되면 제대로 대처하기가 힘든 이벤트이기도 했다.

퍼억!

결국 또 한 명의 일본인 헌터가 쓰러졌다.

"히카리 상!"

쭉 찢어진 눈꼬리를 가진 마법사가 하나가 빽 소리쳤다.

그들은 뒤늦게 상황을 파악한 듯했다.

더 이상 무임승차자가 없도록 모두에게 골고루 사냥 경험을 만들어 줘야만 했다.

"칙쇼.(젠장.)"

은양성의 리더는 나에게 묘한 눈빛을 남기고 뒤돌아섰다.

더 이상 달리지 않고 진영을 갖추더니, 뒤따라오던 중국 팀 헌터들을 향해 오른손을 높게 들어 올려 보였다.

그러자 자류단도 멈춰 섰다.

"……."

두 리더는 두런두런 이야기를 나누더니 다시 한번 나를 슬쩍 바라보았다.

원망과 질시가 섞인 묘한 눈빛에 나는 피식 웃었다.

'어쭙잖게 대가리 굴리기는……. 지들이 해 놓고서, 왜 날 째려보고 지랄이야?'

웃기는 놈들.

'좀 놀려 줘 볼까.'

나는 두 사람을 향해서 검지와 중지를 들어 보였다.

그러자 놈들의 눈빛이 요란하게 흔들리기 시작했다.

내 손짓의 의미가 무엇인지 알 수가 없을 테니까.

사실 별 의미 없다.

굳이 의미를 부여해 보자면…….

'2구획에서 만나면 죽여 주마.'

……이 정도?

그냥 하는 말이 아니라, 2구획에서는 정말로 세게 나갈 거다.

그땐 늦게 오는 것들이 내 발목을 잡는 것이나 다름없을 테니까.

나는 놈들을 뒤로 하고 한국1팀을 이끌고 다시 달리기 시작했다.

그리고 그 뒤를 한국2팀이 따라붙었다.

그러자 신우가 먼저 나서서 빈정거리기 시작했다.

"어, 진재욱 헌터. 어제 따로 행동하겠다고 하지 않았나요? 마음이 바뀐 건가요?"

진재욱은 애써 웃음을 지어 보였다.

"아뇨, 그냥 따로 행동하고 있는 겁니다. 한채미 헌터."

"아, 길이 겹쳤을 뿐이다? 갈림길이 세 번이나 있었는데? 그럼 그쪽에서 먼저 갈래요? 우리가 비켜 줄 수 있거든요."

"……."

"왜요? 쫄리시나? 오, 표정을 보니까 좀 쫄리시는 것 같은데?"

와, 진짜 유치한 도발이다.

하지만 효과는 확실했다.

"좋습니다. 다음에 갈림길이 나오면 저희가 먼저 가죠. 단, 그쪽에서도 우리를 따라오지 않는 조건입니다. 어떻습니까?"

"좋아요."

"그걸 왜 한채미 헌터가 대답합니까? 백수현 마스터, 어떻습니까?"

진재욱이 굳은 표정으로 나에게 호승심을 내비친 것이다.

'길을 선점하는 조건이라…….'

여전히 상황 파악을 못하고 있군.

"그래, 좋아. 그렇게 하지."

내가 고개를 끄덕이며 반말로 대답하자, 놈의 눈썹이 파도가 치는 것처럼 꿈틀거렸다.

하지만 뭐 다른 수는 없었다.

좋으나 싫으나 내가 특수무장조의 대장인 것은 달라지지 않는 사실이었으니까.

[안내 : 현재까지 경과된 시간은 '15시간 50분 11초입니다.]

쉼 없이 달리던 헌터들의 육체와 정신이 슬슬 한계에 도달하고, 휴식 시간이 필요해졌을 무렵.

"왼쪽으로 갈 건가?"

"네, 그쪽으로 오른쪽으로 가시기 바랍니다. 혹시나 해서 하는 말인데, 시간차 추격은 사양하겠습니다."

"우리가? 굳이? 왜?"

신우의 멘털 공격은 매우 경제적으로 놈을 공략해 주었다.

"……후."

한숨을 푹 내쉬더니 한국2팀을 이끌고 왼쪽 길로 사라지는 진재욱.

그러자 신우가 킥킥거리며 웃어 댔다.

"역시 붉은손 놈들은 괴롭히는 게 제 맛이야. 허튼짓 못하도록 초장에 갈궈 줘야 돼."

"뭘 그렇게까지 하냐."

"난 옛날부터 붉은손 새끼들이 싫었어."

뜻밖에도 신우는 작게 속삭이는 목소리로 자신의 감정을 확실하게 드러내고 있었다.

"오빠가 차원 역류에 휘말렸을 때부터 그랬지. 저놈들은 늘 이기적이고 본인들 밥그릇 챙기는 것밖에 할 줄 몰라. 진짜 역겨울 정도라고."

"……."

그래, 기억난다.

2019년 11월, 내가 휘말렸던 차원 역류.

그 역류를 일으킨 게이트는 원래 이스케이프 클랜의 몫이 아니었다.

바로 붉은손 클랜에서 공략하겠다고 덤볐다가 실패했고, 공략 가능 시간이 지나면서 손을 놓아 버린 게이트였다.

결국 그 뒷수습은 다른 클랜의 몫.

그게 나비 효과가 되어, 내가 야수계에 떨어져서 44년을 보내야만 했던 것이다.

'……어떻게 보면 그 모든 일의 원흉이라고 해야 하나?'

굳이 따지자면 그랬다.

"저 새끼들은 돈이면 다 되는 줄 알지. 개자식들."

예전의 기억을 떠올렸는지 이를 부드득 갈던 신우가 나에게 질문을 던졌다.

"오빠, 진재욱과 2팀 헌터들을 다시 만나면 어떻게 할 거야? 2구획에서 다시 만날 가능성이 있잖아?"

"만나면 만나는 거지. 인사도 하고. 밥도 먹고. 사우나도 가고……."

"아니, 장난하지 말고! 그게 아니잖아!"

"아니면 뭔데?"

"쟤들이 점점 더 적개심을 드러내고 있잖아? 다음에는 진짜 한국 팀 사이에서 싸움이 벌어질 수도 있어. 같은 국적 헌터들 사이의 내전 말이야!"

내전이라…….

"글쎄. 다시 만날 일이 있을지나 모르겠는데?"

"응? 그게 무슨……?"

나는 진재욱과 헌터들이 사라진 통로를 가만히 돌아보며 입을 열었다.

"그놈들, 거꾸로 돌아가는 길로 갔어."

"……!"

왼쪽 아니면 오른쪽.

고작 50% 확률이었는데 그걸 틀리네.

'너희는 안될 놈들인가 보다.'

그쪽은 최소 3시간은 지연되는 경로.

남은 왼쪽이 제대로 된 코스였다.

결국 운발마저도 내가 이긴 것이다.

나는 간단히 말했다.

"설령 내전이 벌어진다고 해도 상관없어. 나한테 방해가 된다면 치울 거야. 사실 국적이 뭐가 중요하냐? 반기를 들고 나가서 팀까지 쪼개진 마당인데."

내가 그런 사정까지 참작해 줄 호인 또는 호구라고 생각한다면 사람을 잘못 본 것이다.

"아, 물론 뒤늦게라도 따라오겠다고 하면 거두는 거고. 뭐, 그럴 일이 있을지 모르겠지만. 아무튼 너무 복잡하게 생각하지는 마. 휴식 시간을 줄 테니까 맘 편하게 쉬라고."

휴식 시간을 언급하자 헌터들의 표정이 확 밝아졌다.

나는 피식 웃었다.

'그래, 다 먹고살자고 하는 건데 너무 몰아붙일 필요는 없겠지.'

꿀맛 같은 짧은 휴식 시간이 끝나고, 한국1팀의 헌터들은 다시 미로를 달려 나갔다.

그리고 잠시 뒤.

[알림 : 1구획이 종료됩니다. 수고하셨습니다.]

마침내 1구획 5코스가 끝을 고했다.

"으아아아아!"

"끝났어! 사냥 구간이 끝났다니까!"

헌터들이 환호성을 내질렀다.

최고난도 코스답게 어렵긴 했지만, 방해꾼들이 사라지자 다른 생각을 할 것 없이 오롯이 공략에만 집중할 수 있었던 덕분이다.

모두의 관심사는 하나였다.

"그럼 시간은 얼마나 걸린 거지?"

[안내 : 성적이 집계되고 있습니다.]

[안내 : 성적에 따라서 보상이 지급될 예정입니다.]

탁 트인 공동에 준비된 작은 오아시스.

게이트 몬스터가 등장하지 않는 이 안전지대를 밟은 헌터들은 자신의 성적을 확인할 수 있다.

[알림 : 참가자 'beast.C'의 1구획 통과 기록은 '24시간 27분 41초입니다.]

[참고 : 공략 코스를 선지정한 보너스는 최종 단계에서 정산될

것입니다.]

'24시간 27분 41초라……. 목표했던 것보다 약간 늦어지긴 했지만 나쁘진 않네.'
만 하루를 조금 넘긴 나의 성적.
이 기록이 역대 참가자들의 이름들 사이에서 차지한 순위는 바로…….

기록을 깨부수는 뉴비

−3위.

이것이 나의 성적이었다.

〈1구획 기록〉
[1위 : NADIA(24시간 15분 50초)]
[2위 : John(24시간 22분 3초)]
[3위 : beast.C(24시간 27분 41초)]*새로운 기록!
[⋯⋯.]

먼저 순위를 기록하고 있던 전 세계의 헌터들을 밀어내고 세 번째 자리를 차지한 것이다.

심지어 올노운조차도 나보다 1구획을 빨리 공략하진 못했다.

내 입으로 말하기 좀 그렇지만, 이건 홀로 세운 것이 아니라는 점에서 더욱 값어치가 있는 기록이었다.

기록에 방해가 되는 이들을 떼어 놓고 혼자서 달려 나간 기존 헌터들과 달리, 나는 열두 명의 휘하 헌터들을 이끌고 1구획의 종착지에 들어왔고……

그것은 스코어보드 전체에 대격변을 일으키는 결과를 만들어 냈다.

[4위 : Hanchemi(24시간 27분 42초)]*새로운 기록!

[5위 : GYU-LEE(24시간 27분 44초)]*새로운 기록!

[6위 : K.V1CTORY(24시간 27분 45초)]*새로운 기록!

[7위 : Jizero(24시간 27분 47초)]*새로운 기록!

[……]

[15위 : Reporter_Woo(24시간 27분 56초)]*새로운 기록!

신우와 이규란을 비롯한 블랙핑거 소속 헌터들.

곽승우를 필두로 한 무진 그룹 출신 헌터들.

특별 시험에서 내 도움을 받고 따라온 프리랜서 헌터들.

'심지어 석형우 기자까지도……'

줄줄이 최상위권에 이름을 올린 상황이었다.

즉, 내로라하던 헌터들이 모조리 13계단씩 밀려 나가는 엄청난 사건이 벌어진 것이다.

"어? 그……. 허, 내가 세계 10위라고?"

"미쳤다……. 지금 이게 헛것을 보는 건 아니겠지?"

"진짜 힘들긴 했지만 이런 기록이 나올 줄이야."

"이, 이게 진짜 되네……?"

어안이 벙벙한 표정들.

다들 재능 있다는 이야기는 다들 숱하게 들어 봤겠지만, 이런 세계적인 기록을 내게 되리라고는 전혀 예상하지 못했을 거다.

거기에 구획 공략 보상까지 주어졌으니.

[안내 : 구획 공략에 따른 부분 보상이 주어집니다.]

[알림 : 레벨이 올랐습니다!]

[알림 : 보유한 특성이 진급합니다!]

[알림 : 새로운 스킬을 깨달았습니다!]

[…….]

이 모든 혜택이 누구의 덕분인지는 생각할 필요도 없었다.

"아아, 특무조장님……!"

"수현이 형! 충성충성!"

"날 가져요! 거절은 거절한다!"

붙임성 좋은 헌터들이 시시덕거리며 나에게 감사를 표하고 있었다.

과묵한 이들도 뜨거운 눈빛으로 이쪽을 바라보고 있었고.

'거참 민망하네.'

나는 못 본 척 헛기침을 할 수밖에 없었다.

어찌 보면 대단한 일도 아니다.

'직접 선택한 거지.'

집단의 결속력을 만드는 작업은, 무엇보다도 다 함께 고생하면서 성과를 내고 성장을 이루는 과정에서 가장 효과적으로 이루어진다.

'즉, 함께 구를수록 끈끈해진다.'

나는 1구획에서 다른 무엇보다 그 지점에 집중했다.

그 결과, 한국1팀의 헌터들은 개인적인 성장만이 아니라 하나의 팀으로서도 성장을 거둔 상태였다.

"허, 세상에……."

시스템 메시지를 확인하는지 멍하니 허공을 응시하고 있는 석형우 기자마저도.

'저 양반은 모르겠지만, 아무튼 한국1팀 헌터들은 확실히 믿을 수 있는 아군이 되어 줄 거야.'

이미 적지 않은 성장을 거뒀으니 믿어 볼 만한 전력이었다.

하지만 이런 내 노림수가 전부 긍정적인 방향으로 작용한 것만은 아니었다.

"……오빠, 열한 명 모두 2구획 5코스로 가고 싶다네? 어떡하지?"

"뭐?"

당황스럽게도 전원이 다음 구획에서도 나를 따라오겠다고 나선 것이었다.

좋게 보자면 이건 나를 그만큼 신뢰한다는 증거였다.

하지만 나는 고개를 저었다.

"패기는 좋지만 원래 계획대로 가야 돼. 위험하다고."

"흐음, 역시 그렇겠지?"

"어. 2구획은 1구획보다 조금 더 어려워질 거고, 그 차이는 생사를 가를 수도 있어."

모두가 2구획 5코스를 통과할 수 있을 거라고 생각한다면 명백한 오판이었다.

'더구나 2구획부터 난 본격적으로 속도를 내야 돼.'

내가 판단하기에 특무조의 절반 정도는 4코스 이하로 가야만 하는 상황이었다.

공략 확률이나 생존률을 따져 봐도 그게 옳았다.

'이건 직접 이야기해 둬야겠어. 중요한 거니까.'

그렇게 결정한 나는 장내를 향해서 입을 열었다.

"모두 주목."

복명복창은 없었지만 휴식을 취하고 있던 특무조 헌터들

은 곧바로 각자 하던 말을 멈추었고, 시선이 단숨에 나에게 모아졌다.

마치 하나처럼 움직이는 팀.

하지만 그건 그거고 이건 이거다.

"2구획 5코스에 들어가는 것은 나를 포함해서 여섯 명으로 제한한다. 다른 여섯 명은 4코스 이하로 배치해."

내가 아랑곳하지 않고 지시하자 헌터들의 눈동자에 불만의 빛이 서렸다.

"백수현 마스터! 재고해 주십시오!"

"어째서입니까? 저희가 한 팀으로 움직이면 충분히 가능하다고 생각합니다!"

손을 들며 이의를 제기하는 헌터들도 있었다.

그러나 나는 고개를 저었다.

"2구획은 1구획과 다를 거야. 자연스럽게 뒤처지는 인원이 생길 거다. 날 따라오는 것 자체가 어려워지게 되겠지. 내가 모두를 돌봐 주면서 가는 건 불가능해. 그래서도 안 되는 거고."

"……."

이걸 더 설명해야 하나?

"잘 들어라. '전의의 구획'이 싸움의 의지를 가늠하고 그 의지를 떠받드는 무력을 측정하는 구간이었다면, 2구획은 얼마나 냉정하게 '선택'을 할 수 있는지를 측정하는 구간이다. 시작점을 고르는 것 또한 그 선택의 일부고."

2구획의 테마는 선택.

싸우지 않는 헌터들에게 주어지는 페널티 따위는 이곳에 없다.

오히려 게이트 몬스터들과 대적하는 것을 최소화하면서 코스를 통과하는 것이 중요한 구간이었다.

조용히 듣고 있던 곽승우가 손을 들고 말했다.

"마스터, 팀을 두 개로 쪼갠다면 가능하지 않겠습니까? 제가 후위를 맡아서……."

"아니, 그것도 안 돼."

곽승우는 자신이 희생하겠다는 식으로 조심스레 타협안을 내놓았지만 바뀌는 것은 없었다.

'그래, 이것도 이참에 얘기해 둬야겠네.'

나는 결심을 굳히면서 아공간 주머니를 열었다.

쿵-!

꺼내 든 것은 바로 에어바이크.

마이스터 손의 작품으로 잘 알려진 그 오토바이였다.

"우와……!"

미끈하게 빠진 실물에 헌터들이 입을 벌리고 있을 때.

"미안하지만 2구획에서 난 이걸 탈 거야. 내가 뒷자리에 태운 한 사람만 날 따라올 수 있겠지. 그러니까 너흰 나 없이 한 팀으로 통과할 수 있어야 돼."

이제 속도를 내겠다는 의지의 표현이다.

난 연료통 위에 손을 얹은 채 모두를 향해서 힘주어 말했다.

"물론 1구획에서 했던 것처럼 2구획을 통과할 방법은 알려줄 거야. 하지만 이번에는 각자 해내는 거다. 무슨 말인지 알겠나?"

하지만 돌아온 것은 여전히 애매한 정적이었다.

보름달 여우의 눈을 열자 위험한 생각들이 전해져 왔다.

─그래도 할 수 있을 것 같은데.

─방법을 알면 우리끼리 잘 공략하면서 가면 되지 않을까?

─3구획이면 몰라도 2구획이라면……?

1구획에서 얻은 자신감들이 무모한 도전에 부채질을 하고 있었던 것이다.

나는 한숨을 내쉬었다.

'허, 이것들이…….'

말이 씨알도 안 먹혔다.

하긴 지나치게 빠른 성장은 이런 부작용도 있는 법이다.

'한번 눌러 줄 때도 됐어.'

결심을 굳힌 나는 젊은 산군의 기백을 끌어내는 것과 함께 일갈했다.

"전부 정신 똑바로 차려!"

쿠우웅—!

헌터들의 발밑으로 깊은 파동이 일어나며 모두를 때렸다.

마치 등허리에 채찍이라도 맞은 듯한 충격이었을 거다.

"1구획에서 기록 좀 세웠다고 뭐라도 된 것처럼 생각하고 있다면 큰 오산이다. 네 개의 구획 중에 이제 고작 하나 끝났어. 그것도 가장 쉬운 구간."

나는 헌터들의 눈동자를 하나씩 노려보며 명령을 입력하듯 강한 어조로 말을 이어 갔다.

"모래 미로는 점점 더 어려워질 거고, 물러 터진 정신 상태로 있다가는 무덤이 되는 거야. 차라리 제한 시간이 끝나기를 기다리는 게 백배 나아. 그러고 싶으면 지금 말해. 안전한 곳을 알려 줄 테니까."

"안전한 곳이라뇨? 그게 무슨……?"

"거기서 식량을 아껴 먹으면서 남은 27일을 때우라고."

"……!"

서서히 돌아오기 시작하는 긴장감.

나는 좌중을 돌아보며 강조했다.

"목표를 잊지 마. 1구획의 성적을 발판으로 삼아서 멀리 가는 것도 좋지만, 그전에 살아남아야 돼. 허파에 괜히 헛바람 채우지 말고, 생존 가능성부터 따지라는 말이야. 알겠나?"

그러자 비로소 수긍의 눈빛이 생겨나기 시작했다.

최대한 확실하게 못을 박아 두었다.

"죽지 마라, 아무도."

그러자 헌터들이 말없이 고개를 숙였다.

나는 이규란과 곽승우를 돌아보았고, 두 사람은 각자 해야 할 일을 했다.

"5코스로 들어갈 인원을 선발하겠습니다."

"나머지는 각 인원의 수준에 맞춰서 코스 선정을 새로 해 보겠습니다."

"좋아."

나는 고개를 끄덕였다.

"3시간 휴식. 그 후 2구획으로 진입한다."

결과적으로, 2구획 5코스로 들어가게 된 헌터들은 일곱 명이었다.

최원호, 최신우.

1구획 역대 순위 3, 4위를 차지한 남매.

이규란, 도승아.

블랙펑거 클랜의 원투 펀치.

곽승우, 송대욱.

올노운이 클로저스 클랜에 파견한 검객들.

그리고 마지막으로……

'석형우.'

게이트 소식지의 탐사 기자까지 2구획의 최고난도 코스로 들어가게 된 것이다.

"석 기자님, 에어바이크 뒷자리에 타십시오."

그는 심지어 최원호의 오토바이를 얻어 타고 앉아서 갈 수 있는 기회를 얻은 상태였다.

그 덕분에 매우 얼떨떨한 마음이 될 수밖에 없었다.

'이, 이래도 되는 건가?'

잠시나마 꿀을 빤다고 생각한 적도 있었다.

하지만 그는 앞서 5코스에서 특무조장이 보여 주는 활약을 보면서 뭔가 싸하다는 생각이 고개를 들었고…….

가장 후미에서 1구획을 통과하여 역대 15위의 성적을 올렸을 때는 뭔가 잘못되어 가고 있다는 생각을 떨칠 수가 없었다.

〈무자격 '특무조장' 백수현, 모래 미로 공략 실패!〉

〈신인류 조사단의 비장의 한 수? 유감의 악수!〉

〈차원통제청의 아마추어 행정과 한국 헌터계의 병폐가 컬래버레이션을 하고 있다!〉

〈게이트 적폐? 무진 그룹은 이대로 몰락하는가?〉

……자신이 준비하고 있던 기사들을 하나도 쓸 수 없을지도 모른다는 불안감에 사로잡힌 것이다.

백수현이 이끄는 특무조원들 중, 단 몇 사람이라도 영원모래 미로를 통과하게 된다면 모두 폐기해야 하는 주제들이었다.

그리고 무엇보다도 심상치 않았다. 자신을 바라보는 눈빛이.

"……그, 제가 꼭 타야 합니까?"

석형우는 마른침을 꿀꺽 삼키며 최원호에게 물었다.

그러나 돌아오는 대답.

"타라면 타세요."

'모래 미로에 갇혀서 뒈지고 싶지 않으면.'

마치 눈빛으로 뒷말을 이어 붙이는 듯한 최원호의 무시무시한 기세에 기자는 더 이상 항변할 수 없었다.

어째서 휘하 헌터들이 아닌 자신을 데리고 가는 것인지.

또 이걸 타고 얼마나 달릴 것인지.

석형우는 감히 물어볼 생각도 하지 못하고 잠자코 에어바이크 뒷자리에 앉았다.

그리고 두 번째 공략이 시작되었다.

[알림 : 2구획이 준비되었습니다.]

[안내 : 참가자 전원은 1, 2, 3, 4, 5번 코스 중에서 선택하여 입장

해 주시기 바랍니다.]

모래의 벽이 열리고, 각자 선택된 코스로 한국1팀 헌터들
이 사라졌다.

⌵

그리고 약 1시간 뒤…….
"허억, 허억……!"
"조, 조장! 자, 잠시만 휴식 시간을……!"
"시끄러워!"
일군의 헌터들이 1구획 종료 지점에 모습을 드러냈다.
바로 여섯 명의 중국 팀.
자류단의 헌터들은 피와 땀, 모래 먼지로 얼룩진 몰골을
미처 수습하지도 못하고 2구획 진입 지점으로 다가섰다.
그들의 선두에 선 라오웨이의 머릿속에는 오로지 한 가지
생각뿐이었다.
'어서! 조금이라도 빨리!'
'놈을 따라잡아야 한다!'
'……백수현!'
그는 휘하의 헌터들이 하얗게 질려 가는 것을 아랑곳하지
않고 곧바로 다음 구획으로 달려 들어갔다.

그리고 나머지 헌터들이 나타난 것은 다시 1시간이 흐른 뒤였다.

　"허, 3위라니……."

　"이럴 수가!"

　한국2팀의 진재욱과 일본 팀의 히카리는 어처구니가 없다는 표정으로 서로를 바라보았다.

　베이징 출신인 라오웨이는 자류단의 밑바닥부터 기어올라 온 것에 대해 큰 자부심을 가지고 있었다.

　그것은 흠 잡을 데 없는 출신 성분과 출중한 재능 모두가 필요한 일이었으니.

　자류단의 클랜 마스터인 레이황 역시 라오웨이를 후계자 후보 중 하나로 보고 기대감을 드러내기도 했다.

　소속 클랜이 물심양면으로 지원해 준 덕분에, 라오웨이는 지금껏 적지 않은 게이트를 겪으며 실전 경험을 갖추고 있었고…….

　'레벨 60 내외에서는 나를 능가할 헌터가 없다.'

　전 세계를 통틀어 봐도 그럴 것이라고 자신하고 있었다.

　그리고 이 영원 모래 미로는 레벨 70 이상의 거물 헌터들은 도전하지 않는다.

그 이하의 헌터라도 등급 외 게이트에는 재도전하지 않은 암묵적인 룰이 있었다.

즉, 마땅히 라오웨이의 독무대가 되어야 하는 게이트였던 것이다.

그런데…….

"24시간 27분 41초……?"

종료 지점에 도달해서 확인한 '백수현'의 성적이 라오웨이의 자신감을 뿌리부터 흔들기 시작했다.

심지어 백수현은 혼자 들어온 것도 아니었다.

그 아래로 도배하듯이 줄줄이 이어지는 한국 팀 헌터들의 콜네임.

이건 상대가 자신의 휘하들을 모두 이끌고 1구획 종료 지점에 도달했음을 증명하는 것이었다.

물론 라오웨이 역시 휘하 헌터들을 데리고 여기까지 오긴 했지만…….

'……난 다섯 명도 남기지 못했다.'

라오웨이의 입장에서는 미스터리에 가까울 만큼 당혹스러웠으며, 자신의 기록이 한없이 초라해 보일 수밖에 없었던 것이다.

[151위 : LAOWAI(28시간 49분 28초)]*새로운 기록!

객관적으로 봤을 때, 사실 그리 나쁜 기록은 아니었다.

1구획 5코스를 택하는 헌터들의 평균 기록이 35시간 내외임을 생각해 보면, 오히려 꽤나 빠른 수준이었다.

하지만 경쟁자의 기록에 비교하자면 태양 앞의 촛불처럼 보일 지경.

'역대 3위라니, 대체 어떻게……?'

저 위대한 세븐 스타즈마저 깔아뭉개 버린 백수현의 기록 앞에서 라오웨이는 조급함을 느낄 수밖에 없었다.

"뭣들 하고 있나! 곧바로 2구획으로 들어갈 것이다!"

그는 휴식 시간도 갖지 않고 휘하의 헌터들을 재촉하여 곧바로 다음 코스로 들어섰다.

2구획 5코스.

'그놈도 사람이야. 선택의 구획에서 완벽할 수는 없어!'

하지만 그것은 최원호가 아닌 자신의 이야기였다.

라오웨이는 조급함을 앞세우다 위험 지대에 진입하는 우를 범했고…….

결과적으로 그 선택은 중국 팀의 악몽이 되어 돌아오고 말았다.

⌄

한편 진재욱과 히카리는 쉬어 가는 것을 택했다.

1구획에서 두 진영이 재회한 것은 순전히 우연에 가까웠다.

한창 앞서 나가다가 최원호를 따라가지 않기로 결정한 뒤 길을 잘못 택한 한국2팀.

그리고 무임승차자들의 저주를 해결하기 위해서 리자드맨들과 혈투를 벌이느라 시간을 지체한 일본 팀.

다시 만난 두 진영은 먼저 맺었던 밀약에 따라 다시 동행하기로 합의했고, 따로 큰 손실 없이 1구획을 공략하는 것에 성공했다.

그들은 온기가 느껴지는 모래밭에 야영지를 꾸리고 3시간의 휴식을 취하기로 했다.

히카리의 시선이 진재욱을 향하고 있었다.

"백수현이 3위를 기록했군요. 진재욱 헌터, 어떻게 생각합니까?"

어떻게 생각하느냐고?

진재욱의 머릿속에서 벼락이 쳤다.

'가만, 일본 측에선 날 이중 첩자로 의심할 수도 있겠는데?'

생각보다 백수현의 활약이 대단했던 탓이었다.

골치가 아파진 진재욱은 잠시 생각하다가 입을 열었다.

"뭔가 남다른 노하우가 있었던 것 같습니다. 생각해 보면 가장 선두에서 전투를 도맡아서 하는 것부터 범상치 않았습니다."

"흐음."

"히카리 상도 알다시피 이 게이트에는 알려지지 않은 정보들이 많으니까요. 아까 그 돌발 이벤트처럼 말입니다. 저도 그런 상황이 벌어질 줄은 전혀 몰랐습니다."

즉, 믿어 달라는 이야기.

나름의 변명을 들은 히카리가 싱긋 웃었다.

"그렇군요. 저는 이런 생각이 들었어요."

"어떤 생각 말씀이십니까?"

"혹시 올노운 마스터가 뭔가 알려 주지 않았을까?"

"……."

"방금 백수현 때문에 밀려나긴 했지만, 그 남자도 1구획에서 엄청난 기록을 세웠잖아요? 기연을 알고 있더라도 이상한 일은 아닐 거예요."

"올노운의 기연……?"

말을 되새기는 진재욱의 눈빛이 깊게 가라앉았다.

예로부터 붉은손과 무진 그룹은 라이벌 관계였다.

그러니 붉은손 측에 정보를 감춰 두고 백수현 측에만 따로 알려 주었을 가능성도 있었다.

돌발 이벤트 '나태한 자의 지옥' 역시 그렇게 이해할 수 있을 것 같기도 했다.

하지만 진재욱은 문득 그게 아닐 것 같다는 생각이 들었다.

－특무조장님, 저와 몇몇 헌터들은 따로 진영을 갖추어

미로 공략을 준비하려고 합니다. 저를 포함해서 총 열세 명입니다. 그럼 공략을 시작할 때 뵙겠습니다.

　ㅡ…….

한국 팀을 일방적으로 분리시키겠다는 이야기를 꺼냈을 때 보았던 특무조장의 눈빛. 저도 모르게 움찔했을 만큼 서늘하고도 묵직한 기세를 떠올린 탓이었다.

진재욱은 멍하니 생각했다.

'어쩌면 얌전히 백수현을 따라가는 것이 정답 아니었을까?'

너무 늦은 깨달음이었지만 말이다.

현재는 한국1팀의 성적을 확인한 한국2팀 전원이 흔들리고 있는 상황.

이대로라면 팀이 와해되는 것은 시간문제에 불과했다.

진재욱과 히카리의 눈빛이 복잡하게 뒤섞였다.

"어떻게 하는 게 좋겠습니까?"

"……이렇게 하죠."

두 사람은 작전을 세웠고, 양국의 헌터들은 2구획으로 들어가지 않았다.

2구획으로 들어서기 직전.

신우가 작은 목소리로 나에게 속삭였다.

"제발 조심해."

"난 늘 조심하지."

"그래서 4년 전에……?"

"그건 붉은손 놈들의 농간이었지."

"……내가 말을 말아야지."

투덜거리면서도 안절부절못하는 표정.

내가 또 잘못될까 봐 걱정하는 얼굴을 보고 있자니, 미안하고도 안쓰러웠다.

하지만 나야말로 신우의 안전이 우려스러웠다.

기록을 단축하기 위해서 녀석을 떼어 놓고 가는 것이 못내 불안했던 것이다.

'안전장치를 하나만 더 걸어 두자.'

나는 해청을 풀어서 신우에게 휙 던져 주었다.

갑자기 검을 받은 여동생은 어리둥절한 표정이었다.

"응? 얜 왜?"

"주는 거 아니야. 맡겨 두는 거니까 잘 가지고 있어. 간다."

나는 2구획에 들어서자마자 스로틀을 힘껏 당겼다.

에어바이크는 바람을 가르면서 쏜살같이 튀어나갔다.

모래 미로는 천장이 막혀 있는 구조.

비행 기능은 의미가 없었기에 비활성 상태였고, 덕분에 마력석 연비는 걱정할 필요가 없었다.

문제는 오로지 이 구획에 있었다.

'2구획부터는 그냥 미로가 아니야.'

앞서 모두에게 이야기해 둔 부분이지만, 2구획에 들어선 헌터들을 괴롭히는 것은 '선택'이다.

바로 이러한 선택.

[알림 : 첫 번째 선택이 등장했습니다!]

눈앞에 있는 것은 막다른 길이었다.

하지만 내가 길을 잘못 잡은 것은 아니었다.

금, 은, 동 3색으로 번쩍이는 게이트들이 바로 그 증거였다.

[안내 : 셋 중 하나의 길을 선택하여 '미니 게이트'에 입장할 수 있습니다.]

······선택.

'이게 바로 2구획의 방식이지.'

미로 안을 떠도는 몬스터들은 없다.

대신 길을 막아 놓고 헌터들에게 택일을 강요하여 미니 게이트 하나를 반드시 지나가도록 만드는 방식이었다.

그리고 세 갈래의 길은 모두 다른 성질을 가지고 있었다.

[안내 : 각각의 미니 게이트에 책정된 보상은 다음과 같습니다.]

[골드 게이트 : 강력한 적이 무기를 벼리고 있습니다. 막대한 경험치와 A등급 마력석 1개를 얻을 수 있습니다.]

[실버 게이트 : 평균적인 적이 훈련 중입니다. 적당한 경험치와 B등급 마력석 1개가 주어집니다.]

[브론즈 게이트 : 심약한 적이 도망치고 있습니다. 약소한 경험치와 C등급 마력석 1개가 주어집니다.]

당연히 세 선택지 모두에 장단점이 있었다.

첫 번째로 골드 게이트.

이곳에 들어간다면 분명 두 단계 정도는 레벨 업을 할 수 있을 것이다.

'게다가 A급 마력석 하나는 요즘 시세로 2억 원은 호가하지.'

2렙 업과 2억 원!

골드 게이트라고는 하지만 공략 난이도가 아주 극악한 것도 아니라서, 실력이 있다면 충분히 도전해 봄 직했다.

문제는 공략 시간이었다.

코스가 대단히 길기 때문에 골드 게이트를 돌파하기 위해서는 최소 5시간 정도는 필요했다.

'그리고 이 2구획에서 헌터들은 총 다섯 번의 선택을 해야 한다.'

그만큼 엄청난 피로도를 견뎌야 하고.

중간중간 휴식 시간까지 고려하면 공략 기록이 기하급수적으로 나빠지게 된다.

당연히 부담을 느낄 수밖에 없다.

그 때문에 골드 게이트보다는 실버 게이트를 택하는 것이 보편적인 공략법으로 자리 잡았다고 들었다.

'실버 게이트에서는 레벨 업 한 단계에다 1억 원. 공략 시간은 최소 3시간 정도.'

대부분의 헌터들이 실리와 시간 단축 모두를 잡기 위해서 실버 게이트를 선택하곤 했다.

헤매지만 않으면 이동 시간과 휴식 시간을 포함해서 2구획을 30시간 안에 끝낼 수 있다고 알려져 있었다.

이에 비해, 브론즈 게이트는······.

'다들 꺼리는 편이라고 했어.'

하긴 그럴 만했다.

'C등급 마력석이 6천만 원 정도 하니까 그럭저럭 돈벌이는 되겠지만, 경험치는 실버의 30%도 주지 않아. 그렇다고 공략이 아주 빠른 것도 아니고.'

브론즈 게이트에 들어가더라도 최소 2시간은 써야 한다.

기록이야 조금 빨라지겠으나 실버 게이트를 통과한 쪽과 성장 격차가 벌어지면서, 3구획과 4구획에서 오히려 추월당해 버리곤 했던 것이다.

그러므로 한두 번이면 모를까, 브론즈 게이트를 선택하는 헌터들은 드물다고 했다.

'헌드레드는 골드 3번, 실버 2번을 선택했다고 했지.'

나름대로 합리적인 선택이었다고 생각한다.

"……."

"백수현 마스터, 어디로 들어갈 겁니까?"

내가 생각에 잠겨 있자, 뒷자리에서 숨을 죽이고 있던 석형우 기자가 질문했다.

그는 1구획에서 죽을 고비를 한 번 넘기면서 말수가 줄어든 상태였지만, 나에게서 기삿거리를 잡아내겠다는 열망은 아직 식지 않았다.

"역시 골드 게이트겠죠? 존 메이든도 그렇고, 올노운도 5번 모두 골드를 택했다고 하던데. 그 '골든 런' 말입니다."

모든 구획에서 5코스를 택하는 것이 '로열 로드'라고 불리는 것처럼.

2구획에서 모두 골드 게이트를 택하는 것은 '골든 런'이라고 불렸다.

'지구에서는 이런 식으로 이름 붙이기를 참 좋아하더라.'

하지만 나는 그의 기대를 배반하고 브론즈 게이트를 향해 핸들을 틀었다.

"미안하지만 골든 런을 할 생각은 없습니다."

부우웅--!

황동색 입구를 향해 스로틀을 당기자 석형우 기자가 헛기침을 하며 중얼거렸다.

"뭐, 돈이나 성장에 큰 욕심이 없고 좋은 기록만 추구한다면 '브론즈 런'도 아주 나쁜 선택은 아니겠지요. 최종적으로 좋은 기록이 나올지는 모르겠습니다만……."

실망한 기색이 역력한 목소리에 나는 피식 웃고 말았다.

정말 골든 런을 기대했나 보다.

'깜짝 놀라게 되겠네.'

우릴 태운 은백색의 오토바이는 그대로 달려서 브론즈 게이트로 뛰어들었다.

[안내 : 첫 번째 선택에서 브론즈 게이트가 선택되었습니다.]

그리고 그로부터 약 2시간 후.

시스템은 비슷하지만 다른 메시지를 출력하고 있었다.

[안내 : 첫 번째 선택에서 실버 게이트가 선택되었습니다.]

"……어?"

석형우는 뭐가 뭔지 모르겠다는 표정을 짓고 있었다.

헌터 출신으로서 상당히 많은 게이트 경험을 가지고 있다고 하던데, 지금은 게이트에 처음 들어온 루키 같은 얼굴이었다.

"기자님, 정신 차려요."

미니 게이트를 빠져나온 나는 잔뜩 에어바이크의 연료통에다 C등급 마력석을 집어넣으며 빙긋 웃었다.

"뭘 그리 놀라십니까? 이따가 골드 게이트도 들어갈 텐데."

"……!"

그제야 비로소 내가 무엇을 하고 있는 것인지 알아차린 기자의 표정이 딱딱하게 굳어졌다.

"설마? 지금 뭐, '반복 수행'이라도 하고 있는 겁니까?"

"네."

"어, 어째서?"

"저야말로 궁금한데요. 차려진 밥상인데 왜 다들 그냥 지나칩니까? 배가 불러서?"

로열 로드니, 골든 런이니 다 별로였는데.

방금 그 말 하나는 마음에 들었다.

'반복 수행.'

아주 정확한 표현이었다.

나는 브론즈 게이트를 다 공략하고, 출구가 아닌 입구로 되돌아왔다.

그리고 다음으로 실버 게이트에 다시 들어선 것이다.

당연히 실버 게이트 다음은 골드 게이트였다.

'갈림길에서 선택을 반복하면서 미니 게이트를 모두 공략

하는 것.'

이것이 나의 '선택'이었다.

꼭 하나만 택할 필요는 없잖아?

[안내 : 첫 번째 선택의 골드 게이트가 종료되었습니다.]
[알림 : 레벨이 올랐습니다!]
[알림 : 레벨이 올랐습니다!]

레벨이 몇 단계나 올랐더라?

잘 모르겠다.

정산은 4구획까지 전부 끝낸 뒤에 한꺼번에 받아 낼 계획이었다.

'계산대로 된다면 신우와 비슷한 성적으로 2구획을 끝낼 수 있을 거야.'

[안내 : 현재까지 경과된 시간은 '33시간 56분 1초입니다.]

그게 어떻게 가능하냐고?

대단할 것도 없다.

내가 가진 에어바이크를 이용해서 이동 속도를 최대한으로 끌어 올리고, 최적화된 경로로 공략을 신속하게 진행한다.

이게 전부였다.

나는 이것만으로 미니 게이트들을 하나도 빼놓지 않고 공략할 작정이었다.

석형우는 그걸 이해할 수 없다는 표정이었다.

"이러면 최종 기록이 늦어지잖습니까?"

"아마 1구획만큼 좋은 성적이 나오진 않겠죠. 하지만 3구획도 있고 4구획도 있습니다. 기록 단축을 할 기회는 충분합니다."

"으음."

"특히 4구획에서 만회하면 됩니다. 아시는지 모르겠지만, 4구획 5코스는 조금 특별하니까요."

"그 심해는……."

"사실 저는 기자님이 걱정입니다."

내가 고개를 돌려 빤히 바라보자, 기자의 표정이 살짝 굳어졌다.

본인도 무슨 뜻인지 알고 있다는 거겠지.

나는 무심하게 말했다.

"제가 2구획 시작 전에 특무조원들에게 죽지 말라고 한 것 기억하십니까? 그 말은 석 기자님에게도 똑같이 적용됩니다. 그리고 자기 앞가림은 자기가 해야 한다는 것도 마찬가지고요."

우리 팀에 합류하겠느냐고 제안한 것은 나지만, 내 코스를 따라오겠다고 결정한 것은 석형우 기자 본인이었다.

그러니 문제가 생기더라도 어쩔 수 없었다.

4구획에 들어가면 나도 내 앞가림을 해야만 했다.

"그……."

"그?"

"……아닙니다."

심란한 표정으로 내 시선을 피하는 석형우.

'날 길잡이로 삼아서 모래 미로를 대충 후려쳐 보겠다는 심산이었겠지.'

하지만 그것은 정말이지 어림 반 푼어치도 없는 생각이었고, 책임은 본인에게 있었다.

'보상 몰수 규칙도 있고.'

이 모래 미로를 완주하지 못한 헌터는 아무것도 얻어 갈 수 없다.

어쩌면 석형우는 게이트 보상보다 많은 것을 잃어버릴지도 모르겠다는 생각이 들었다.

~

[안내 : 현재까지 경과된 시간은 '66시간 49분 17초입니다.]

최원호가 없는 상태로 2구획 5코스를 극복하게 된 최신우
와 특무조원들.

그들의 선택은 5번의 골드 게이트였다.

속칭 '골든 런'을 택한 것이다.

그 결과—.

　　[알림 : 2구획이 종료됩니다. 수고하셨습니다.]

　　[안내 : 성적이 집계되고 있습니다.]

　　[알림 : 참가자 'Hanchemi'의 2구획 통과 기록은 39시간 21분
20초입니다.]

마흔 시간을 채 넘기지 않은 기록의 값어치는 적지 않았다.

　　〈2구획 기록〉

　　[…….]

　　[18위 : Hanchemi(39시간 21분 20초)]*새로운 기록!

역대 18위.

보상이 큰 골드 게이트만을 택하면서 상당히 많은 시간을
깎아 먹었으며 회복과 휴식을 위한 시간을 적지 않게 썼음에
도 불구하고, 20위권 안에 당당히 이름을 올린 것이었다.

"우와, 내가 18위라니……!"

1초라도 기록을 당기기 위해 달려온 최신우는 얼떨떨한 얼굴로 헛웃음을 터트렸다.

그리고 그녀의 일행.

"쉽지 않았지만 목표한 대로 20위 안에 들어왔습니다, 하하!"

"정말 고생했어. 신우야."

곽승우와 이규란이 꼬질꼬질한 얼굴로 뿌듯한 표정을 짓고 있었다.

"블랙핑거 클랜에서도 고생 많으셨습니다."

"무진의 실력이 없었다면 힘들었을 거예요."

도승아와 송대욱까지.

"여러분 덕분이죠. 한 사람이라도 없었다면 이런 기록은 만들 수 없었을 겁니다."

최신우는 2구획 5코스를 함께 통과해 온 이들 모두와 끈끈한 눈빛을 주고받으며 고개를 끄덕였다.

그런데 그녀의 시선이 지나온 2구획으로 잠시 향했다.

"사실 조금 이상한 게 하나 있어요."

"이상한 것?"

"일본, 중국의 헌터들 말이에요. 왜 우릴 방해하지 않았을까요?"

"그러고 보니……."

"흠, 저도 좀 찝찝하다고 생각했습니다."

2구획은 사실상 직선 형태나 다름없다.

미로이긴 해도 길은 하나였고, 각 선택 구간에 사람의 흔적이 남을 수밖에 없는 구조인 것이다.

'그리고 추월도 가능한 형태지.'

1구획의 성적을 확인한 중국 팀, 일본 팀, 한국2팀은 호승심으로 불타고 있을 테고……

연달아 브론즈 미니 게이트를 선택해서라도 추월하여 진로를 막아서리라는 것이 애초 남매의 예상이었다.

그 때문에 그 방해 공작에 대비하여 돌파 방법도 마련해 두기까지 했다.

그런데 어찌 된 일인지 그 헌터들은 코빼기도 내비치지 않았다.

'우리가 생각보다 빨리 달려오긴 했지만 골든 런을 했으니 따라잡힐 순간이 많았을 텐데 말이야.'

설마 그놈들이 5코스를 포기하고 4코스로 가기라도 했나?

"흠, 알 수가 없네요."

"저도 모르겠습니다."

방해받지 않은 덕분에 기록을 줄일 수 있긴 했지만 상황이 예상대로 흘러가지 않았다는 것은 다소나마 찝찝한 일일 수밖에 없었다.

어쨌거나 그들은 지체 없이 다음 단계로 움직였다.

"3구획으로 빨리 들어가도록 하죠. 아마 곧 특무조장님이 뒤따라올 겁니다."

"알겠습니다."

"가자, 승아야."

2구획을 효율적으로 공략했기에 체력은 모자라지 않은 상황.

그러나 욕심은 부리지 않기로 했다.

최원호가 경고했던 대로, 이제는 감당할 수 있는 만큼만 속도를 내야만 했다.

'천천히, 안전하게 가자.'

헌터들은 스스로 그렇게 다짐하며 3구획 5코스로 들어섰다.

하지만.

[안내 : 3구획의 테마는 '암흑'입니다. 감각의 어둠을 이겨 내고 빛을 쫓아서 출구를 찾아내십시오.]

검은 안개가 넘실거리는 코스로 입장한 바로 그때.

"……어?"

전혀 예상치 못한 상황과 마주하고 말았다.

"뭐, 뭐야?"

"어떻게 당신들이 여기에 있는 거죠?"

"한채미 헌터! 뒤로 물러나세요!"

뜻밖에도, 3구획 5코스에는 선객들이 있었던 것이다.

히카리와 진재욱.

"다섯 명이 5코스를 통과한 건가요? 제법이네요."

"……"

그리고 한국2팀과 은양성의 헌터들까지.

2구획에서 만나지 못한 헌터들이 3구획에서 스산한 눈빛을 번쩍이고 있었다.

진재욱이 앞으로 나서며 입을 열었다.

"미안하지만 여기서 죽어 줘야겠습니다. 다른 악감정은 없습니다, 한채미 헌터."

순식간에 칼부림이 일어났다.

'지금쯤이면 신우는 2구획을 통과했겠군.'

아쉽게도 나는 아직이었다.

하지만 곧 끝날 것이다.

[안내 : 현재까지 경과된 시간은 68시간 4분 10초입니다.]

[안내 : 다섯 번째 선택에서 골드 게이트가 선택되었습니다.]

내가 있는 곳은 바로 2구획 5코스의 마지막 미니 게이트.

놀랍게도 설원이 펼쳐져 있는 상태였다.

"허허, 이번엔 눈밭인가……?"

에어바이크 위에 기절한 것처럼 엎어진 석형우가 정신을 놓아 버린 사람처럼 중얼거리고 있었다.

그도 그럴 만했다.

2구획의 모든 미니 게이트를 공략하는 동안, 내가 취한 휴식 시간은 총 1시간도 되지 않았다.

한순간도 쉬지 않고 오토바이를 몰고 달리며 사냥과 공략을 반복한 것이다.

그건 석형우 기자 이틀이 넘도록 휴식을 취하지 못했다는 뜻이고…….

'아무리 헌터 출신이라도 해도 미친 수준의 강행군이었겠지.'

반쯤 실성한 것도 이해가 가는 일이었다.

하지만 나는 그런 사정 따위는 봐주지 않았다.

오히려 더욱 가혹하게 달리고 달려서 여기까지 왔다.

그렇게 마지막 관문.

[안내 : 이 게이트를 통과하면 2구획이 종료됩니다.]

[미션 : 설원의 지배자 '그레이트 실버 트롤'을 찾아내서 사냥하십시오.]

'은색 트롤왕'이 이번 미니 게이트의 목표였다.

눈보라가 몰아치며 한 치 앞도 보지 못하도록 만드는 설원 어딘가에 그 미니 보스가 나를 기다리고 있을 터였다.

놈을 찾는 방법은 일견 간단해 보인다.

'피 냄새를 풍기는 것.'

헌터의 피 냄새일 수도 있고, 동족의 피 냄새일 수도 있다.

다시 말해서 싸움이 트롤왕을 부를 것이라는 말이다.

그렇기에 나는 곧바로 설원 속으로 달려 나갔다.

부아아아아아—!

에어바이크가 굉음을 뿜어내며 달리기 시작한 순간.

나는 두 가지의 권능을 함께 개시했다.

[권능 : '추적자 들개의 집념'.]
[권능 : '탐색자 고양이의 수염'.]

쏟아지는 눈보라로 인해 차단된 시각 정보를 청각 정보를 보완하는 것과 동시에.

좁은 범위 안의 정보를 빈틈없이 흡수하는 탐지 권능을 곁들인 것이다.

'이렇게 하면 어떤 상황이 오든 놓칠 게 없지.'

여기까지 오면서 레벨 업이 거듭된 덕분에, 이젠 두 개의 권능을 동시에 사용하는 것도 거뜬했다.

나는 스로틀을 당기며 계속해서 달려갔다.

휘몰아치는 눈보라 안으로.

더 깊은 곳으로…….

'어디냐? 어디서 시작이냐?'

바로 그 순간.

쿠오오오오……!

끔찍한 울음소리와 함께 눈앞으로 털북숭이의 거체가 확 튀어나왔다.

아니, 정확히 말하자면 '들렸다'.

놈이 울부짖으며 에어바이크를 향해 달려드는 모습이 청각을 통해 감지되고 시각 정보로 변환되어 나에게 입력되었다.

그러니 나는 즉시 움직였다.

차체를 모로 기울여서 속도를 늦추고 경로 바꾸는 것과 동시에.

놈의 머리통을 정확하게 노리는 저격을 감행했다.

'블랙 포스.'

올노운이 나에게 건네준 검은 활.

활시위에 미리 화살을 메겨서 아공간에 두었다가, 꺼내는 것과 동시에 당겼다가 놓아 버린 것이다.

퍽!

파공성은 짧았지만 화살은 표적을 정확하게 꿰뚫었다.

[알림 : 미확인 등급 몬스터 '노비스 실버 트롤'을 처치했습니다.]

울부짖던 트롤의 거체가 그대로 주저앉으면서 눈알을 까 뒤집고 있었다.

그리고 그 뒤에 한 놈이 더.

퍼억!

"……오케이."

[알림 : 미확인 등급 몬스터 '노비스 실버 트롤'을 처치했습니다.]

연달아 두 마리를 쏴 죽인 뒤에야 그 모습들이 실제의 시야 안으로 들어왔다.

모르는 이가 봤다면 눈보라 속으로 아무데나 쏘아 보낸 화살이 엄청난 우연으로 트롤들의 급소를 꿰뚫은 것처럼 보였을 것이다.

물론 우연일 리 없었다.

내 뒤에서 들려오는 헛웃음 소리가 바로 그 증거였다.

"허……."

석형우 기자가 도저히 믿을 수가 없다는 듯이 중얼거리고 있었다.

"몇 번 봤지만 이번 것은 더 신기하군요. 어떻게 트롤을 일격으로 쓰러뜨리는 겁니까?"

내가 보이지 않는 눈보라 속에서 적을 찾아내는 재주를 선보이는 것은 이제 그러려니 하는 눈치였다.

'하긴 방금 말마따나 몇 번 봤으니까.'

하지만 트롤을 일격에 처치하는 것은 조금 특별했다.

세간에 널리 알려진 것처럼, 트롤은 어마어마한 재생력을 장기로 삼는 몬스터였다.

팔다리 하나쯤 잘려나가더라도 10분도 걸리지 않고 회복시키는 어마어마한 회복력.

그 때문에 무엇보다 목을 노려서 베어 내는 것이 보통의 공략법이었다.

아니면 틈을 주지 않고 심장을 도려내거나.

그러나 나에게는 훨씬 더 효율적인 공략법이 있었다.

'트롤의 재생력이 뿜어져 나오는 머릿속 깊숙한 곳을 파괴하는 거지.'

머리통 중간부, 트롤의 뇌간에 위치한 '재생 중추'를 정확하게 찔러 넣어서 공격하는 것이다.

그러면 단숨에 숨이 끊어지고 재생도 하지 못한다.

그러니 나에게 트롤은 원 샷 원 킬 자판기나 다름없는 놈들이었다.

야수계에서도, 지구에서도.

난 트롤을 상대로 두려움을 품었던 적이 없었다.

'여기서도 마찬가지.'

이번 미니 게이트의 목표는 일반 트롤이 아니라 은색 트롤왕이고, 놈을 끄집어내는 것까지는 손이 많이 가는 일이었지만.

'어차피 트롤은 트롤이야.'

방금 두 마리를 확보했으니 금방 끝날 것이다.

나는 눈보라가 몰아치는 설원 한복판에서 피 냄새를 먼 곳까지 실어 보낼 수 있는 가장 빠른 방법을 하나 알고 있었다.

그것은 눈보라를 피보라로 바꾸는 것이다.

바로 이렇게.

"폭풍우 소환권 사용."

[알림 : '폭풍우 소환권'이 사용됩니다.]

라미아 게이트에서 얻어 낸 비바람의 힘을 써먹을 시간이었다.

나에겐 소환권이 두 장이 있었다.

그러니 한 번 더.

"폭풍우 소환권 사용."

[알림 : '폭풍우 소환권'이 사용됩니다.]

[안내 : 소환권이 중첩되어 효과가 배가됩니다.]

라미아 여왕을 처치하고 게이트를 폐쇄시키면서 얻었던 두 장의 폭풍우 소환권이 한꺼번에 사용된 것이다.

스윽.

마치 일시정지를 누른 것처럼 눈보라가 뚝 끊어졌다.

맹수처럼 사납게 몰아치던 눈발이 허무하게 숨을 죽이며 떨어져 내리고, 사방이 조용하게 변한 그때-.

[경고 : 재앙적인 폭풍우가 소환됩니다.]

[정보 : 소환자가 투입하는 마력에 따라 범위와 위력을 일부 변경할 수 있습니다.]

엄청난 폭풍우를 경고하는 메시지가 떠올랐다.

'그래, 이거지.'

메시지를 확인한 나는 가지고 있던 모든 마력을 쏟아 내기 시작했다.

마력의 끈이 사방으로 이어지며 허공에 맴도는 물기와 바람의 길을 붙잡았다.

거미줄보다도 촘촘하게.

만약 모래 미로에 들어오기 전이라면 이 정도 효과를 기대하는 것이 언감생심이었겠지만, 지금은 다르다.

'이제 마력이 빵빵하거든.'

아직 보상을 제대로 수령하지도 않았건만 나는 이미 마력 스탯을 상당수 수복한 상태였다.

　　[알림 : 칭호 '전쟁 마법사'가 복구됩니다!]
　　[정보 : 마력에 +7만큼 보너스가 주어집니다.]

일정 수준의 마력 경지에 도달했을 때 얻을 수 있는 '전쟁 마법사' 칭호까지 돌아와 있었으니.

'이 정도면 폭풍우를 무기로 쓰기에는 차고 넘쳐.'

궤멸적인 비바람.

이것이 바로 트롤의 피를 거꾸로 먼 곳까지 흩뿌려 줄 '물 뿌리개'였다.

　　[안내 : 소환된 폭풍우를 조정할 수 있습니다.]

나는 사방으로 연결된 마력의 끈을 당겨서 폭풍우의 모양을 빚어내기 시작했다.

우선은 이렇게 한다.

'폭풍우를 최소 범위에 최대 위력으로 집중하자.'

회오리를 높게 만들고, 회전하는 바람의 압력을 극단적으로 끌어 올리는 것이다.

그 결과-.

콰아아아아아……!

형언할 수 없는 용권풍이 몰아닥쳤다.

칼날 같은 빗줄기가 사방팔방에서 휘몰아치고.

모든 것을 날려 버리는 광풍이 설원의 눈과 흙을 헤집으며 하늘 높이 날려 보내는 것이다.

허리케인의 한복판에 뚝 떨어진 것처럼 경악스러운 위력.

"이런 미친!"

석형우가 황급히 몸을 사리며 방패를 꺼내 들 정도였다.

그러나 그건 엄살이었다.

이 용권풍은 우리에게 닿지 않고 있었다.

나와 기자가 타고 있는 에어바이크를 중심으로 10여 미터의 반경을 만들며 보호막이라도 된 듯이 휘몰아치고 있을 뿐.

"쫄지 마십시오. 한국의 대표하는 기자께서."

"쪼, 쫄다니! 누가!"

"쫄았구먼, 뭘."

오토바이에서 내려온 나는 즉시 다음 작업을 수행했다.

방금 사냥한 두 마리의 트롤.

"웃차!"

채 식지 않은 그 시체들을 용권풍 속으로 힘껏 내던진 것이다.

석형우의 입이 딱 벌어졌다.

"그, 그렇게 되면 시체가……?"

뭘 알긴 아는 모양이네.

"예, 시체는 일종의 향수가 됩니다. 피 냄새를 퍼트리면서 근처의 트롤들을 전부 불러 모으겠지요."

"그래서 이 폭풍을?"

"폭풍은 향수를 사방으로 뿌리는 분무기가 되는 거고."

이만하면 설명은 충분했을 것이다.

파사사사삭-!

얼음과 젖은 모래를 머금고 휘몰아치는 용권풍이 순식간에 트롤의 시체들을 녹이기 시작했다.

어지간한 칼도 잘 들어가지 않는 가죽을 순식간에 헐어서 찢어 버리고.

살점과 골수를 산산이 분해하여 공중으로 날려 보내는 것이다.

그러자 허리케인은 몸을 붉게 물들이며 사방으로 피를 뿌리기 시작했다.

"향수와 분무기……."

석형우가 멍하니 중얼거렸다.

눈보라는 잠시 비바람이 되었다가, 이내 붉은 폭풍이 되었다.

이제는 코가 따가울 정도로 진한 피비린내를 풍기고 있었다.

[안내 : 폭풍우 소환권의 사용 시간이 끝나 가고 있습니다.]

마력의 끈을 연결시킨 나도 알고 있었다.

원래 그리 오래 쓸 수 있는 힘이 아니었다.

하지만 이만하면 됐다.

'이제 폭풍의 위력을 낮추고 최대 범위로.'

쏴아아!

내가 손끝을 움직여 범위와 위력을 조정하자 용권풍은 조금 지독한 소나기 정도로 바뀌어 버렸다.

대신 꽤나 넓은 범위까지 눈보라를 몰아내며 피비린내를 뿌려 댔다.

"……그래. 아주 충분해."

"오, 온다!"

벌써?

식겁한 석형우가 비명을 질러 댔다.

"백수현 마스터! 저건 너무 많은 것 아닙니까!"

쿠두두두두─!

트롤 두 마리를 잘게 다져서 설원에다 뿌린 결과.

나는 수십 마리의 트롤들이 나를 향해 달려오는 장관을 목격할 수 있었다.

험악하게 몰아치던 눈보라는 잠시 멎은 상태였다.

'잔챙이들만 온 건 아니겠지?'

다행스럽게도 내가 벌인 짓거리는 성과를 거두었다.

저 너머로 그놈이 보이고 있었다.

그워어어어어!

그레이트 실버 트롤.

피 냄새에 잔뜩 흥분한 트롤왕이 흉악한 송곳니를 드러낸 채, 제 앞을 막는 부하들을 날려 버리며 달려오고 있었다.

드디어 2구획의 마지막 순간이 찾아온 것이다.

"후, 길었다."

[안내 : 현재까지 경과된 시간은 '68시간 10분 52초입니다.]

나는 다시 한번 활시위를 세게 당겼다.

그러다가 문득 떠오른 생각.

'신우는 3구획을 잘 진행하고 있겠지?'

⌄

오빠의 기대와는 다르게, 그때 최신우는 어금니를 부드득 가는 중이었다.

"이 간신배 같은 새끼가!"

"……그냥 친일파라고 해 주시면 고맙겠습니다, 한채미 헌터."

왼손에 검을 늘어뜨린 진재욱에게는 이렇다 할 표정이 없었다.

스스로 친일파라고 칭하면서 등 뒤의 일본인 헌터들을 보호하듯이 막아선 채 차가운 눈동자로 헌터들을 노려보고 있었다.

분명 같은 국적의 헌터들이고, 같은 소속의 동료들이다.

하지만 그런 사정은 조금도 개의치 않았다.

3구획이 열린 순간, 진재욱은 벼락처럼 달려들어 칼을 휘둘렀다.

그 결과, 피가 뿌려졌다.

"죄, 죄송합니다, 선배."

"크윽……."

가장 전위에서 일행을 탱커 역할을 하던 송대욱과 도승아가 공격당하면서 꽤나 깊은 상처를 입고 말았다.

'이런 미친!'

'정말 같은 한국 팀을 공격할 줄이야!'

깜짝 놀란 곽승우와 이규란이 곧바로 달려들어 합공을 펼치면서 진재욱을 몰아냈으나 손실은 돌이킬 수 없었다.

허벅지와 옆구리를 깊게 찔리며 큰 혈관을 다친 두 사람은 출혈을 막는 것에 온 힘을 기울이는 중이었다.

　-침착해, 신우야.

　해청이 조언을 건넸지만 최신우는 주먹을 꽈악 움켜쥐며 진재욱을 노려보았다.

　'저 새끼, 두 사람을 진짜 죽이려고 했어. 다시 틈을 보이면 곧바로 다시 공격해 올 거야.'

　이 싸움의 승산을 따지기에 앞서서, 도대체 이해할 수 없는 것이 하나 있었다.

　'대체 2구획을 어떻게 통과한 거지?'

　진로가 방해받으리라는 것은 예상했다.

　하지만 그건 2구획에서 일어나야 할 일이었다.

　그런데 황당하게도 그 구획을 건너뛰고 3구획에서 맞닥뜨렸으니 당황스러울 수밖에.

　'분명히 지나간 흔적은 없었어. 2구획 공략 기록도 남아 있지 않았고.'

　그럼 영원 모래 미로에 샛길이라도 있었던 것일까?

　대체 뭐가 뭔지…….

　최신우는 한 걸음을 나서며 질문했다.

　"싸울 땐 싸우더라도, 알고나 싸우죠? 어떻게 여기에서 나타난 겁니까?"

　정말로 궁금하기도 했고, 대화를 통해 시간을 끌 필요도 있었다.

"2구획을 건너뛰는 지름길이라도 있었던 건가요? 그 정도는 알려 줄 수 있겠죠? 어차피 도망칠 곳도 없고, 우릴 살려 둘 생각도 없는 것 같은데."

"후후."

진재욱은 비릿한 웃음을 지으며 말했다.

"다들 모르셨던 모양이군요. 2구획을 공략하지 않고도 3구획으로 들어가는 방법이 있습니다. 단지 성적도 기록되지 않고, 보상도 받을 수 없으니까 그렇게 할 필요가 없을 뿐이지요."

"설마⋯⋯."

미로의 '견학 기능'을 활용한 건가?

하지만 여긴 3구획이고, 한국2팀과 일본 팀은 2구획도 끝내지 못했는데?

"이 모래 미로가 시작될 때 어떤 메시지가 뜨는지 다시 한번 떠올려 보십시오."

그 말에 최신우는 무언가를 깨닫고 눈살을 찌푸렸다.

[안내 : 영원 모래 미로의 도전이 시작됩니다.]

[미션 : 살아남아서 미로를 통과하고 출입구로 돌아오십시오.]

[정보 : 이 게이트의 제한 시간은 28일입니다. 제한 시간 내에게 완주하지 못한 참가자는 일괄적으로 퇴장 조치됩니다⋯⋯.]

가만히 되새겨 보니 정말로 묘한 대목이 있었던 것이다.

'살아남아서 미로를 통과하고 출입구로 돌아와라.'

미로를 그냥 통과하라는 것이 아니었다.

'……돌아와라!'

그것은 이 영원 모래 미로가 한 바퀴를 휘돌아서 오는 구조로 되어 있다는 사실을 은연중에 드러내는 말이었다.

즉, 이 게이트는 2구획을 지나야만 3구획에 도달할 수 있는 형태의 직선형 미로가 아니었다.

'원형 미로였어! 그래서 중간에 끼어들 수 있었던 거였고!'

이들은 모래 미로의 구조를 꿰뚫어 보고 견학 기능을 이용해서 한국1팀의 진로를 가로막을 수 있었던 것이다.

진재욱이 그 깨달음을 확인해 주었다.

"1구획을 끝낸 뒤에 모래 입구에다 3구획을 견학하겠다고 하면 됩니다. 심지어 4구획도 가능하지요. 그냥 구획을 열어 달라고 하면 되지요. 일종의 견학 시간이라고 할까? 다만 그렇게 입장해서는 성적을 낼 수가 없으니까 길을 이용하는 헌터가 없는 것인데……."

설명을 이어 가는 눈동자가 즐겁다는 듯이 웃고 있었다.

"하지만 지금 이런 경우에는 요긴하게 써먹을 수 있는 장치라고 할 수 있지 않겠습니까? 앞서 나가는 라이벌을 모래 밑으로 묻어 버리고 레이스를 다시 시작해야 하는 경우라면 말입니다."

죽은 생선 더미에서 막 꺼낸 것처럼 비릿한 웃음.

최신우는 절레절레 고개를 저었다.

'간신배부터 친일파에다 또라이까지 추가됐네.'

그야말로 비호감의 완전체처럼 보일 지경이었다.

최신우는 살짝 주위를 둘러보았다.

이 상황을 뚫고 나갈 방법을 찾아보는 것이다.

하지만 안타깝게도 별다른 묘수는 없었다.

'이놈들과 숫자라도 맞춰보고 싶지만, 한국1팀의 다른 인원들은 아직 2구획의 다른 코스를 공략하고 있을 거야.'

수준별 공략을 엄격하게 시행했기 때문이다.

그리고 사람이 더해지면 그만큼 흘릴 피도 많아질 수밖에 없을 터.

지금의 상황을 근본부터 역전시킬 수 있는 전력은 따로 있었다.

'오빠, 어디쯤 오고 있는 거야?'

최원호가 나타나지 않으면 압도적인 불리함을 부러뜨릴 방법은 사실상 없는 것이나 마찬가지였고…….

"한채미 헌터, 저에게 말을 붙이면서 시간을 끌어 보겠다는 생각은 나쁘지 않았습니다."

안타깝게도 진재욱 역시 그것을 잘 알고 있었다.

"하지만 어떡하지요? 백마 탄 왕자님께서는 올 기미가 보이지 않는데. 후후후……."

'알고 있었나?'

최신우는 혀를 차며 눈살을 찌푸렸다.

근데 오빠가 백마 탄 왕자님이라니.

-저 자식이 선 넘네.

'그러게 말이야.'

물론 그녀 또한 혓바닥만으로 시간을 벌 수 있을 거라고 기대한 것은 아니었다.

"두 분, 원래 작전 기억하시죠?"

"물론 기억하고 있습니다."

"당연하지."

앞서 2구획에서 놈들과 마주쳤을 때 사용할 목적으로 만들어 두었던 작전.

최후의 한 수가 남아 있었던 것이다.

물론 상황이 다르고 부상자들도 생겨서 원래 효과를 다 발휘할 수는 없겠지만……

'눈 뜨고 당하는 것보다야 백배 낫겠지!'

오빠가 올 때까지 시간을 벌 가능성.

그조차도 안 된다면 동귀어진의 가능성이라도 만들어 내야만 했다.

'그래, 적어도 전열을 흐트러뜨릴 수는 있을 거야.'

기왕 꼬인 상황.

한 줌이나마 도움이 될 수 있다면 그걸로 만족한다.

"……제발 살아남자. 가능하면 복수도 해 주고."

누구에게 보내는 것인지 모를 말을 중얼거리며 최신우는 전방을 향해 몸을 날렸다.

그리고 짧게 소리쳤다.

"금군을 소환한다!"

[알림 : '금군 소환권'이 사용됩니다.]

-주군의 부름을 받잡겠습니다!

창덕궁 게이트를 끝낸 뒤에 나누어 받은 소환수들을 불러내는 것과 동시에…….

"정령계 완전 개방! 전체 호출!"

[알림 : 땅의 중급 정령 '미드레인'이 등장합니다.]
[알림 : 땅의 중급 정령 '미드레인'이 등장합니다.]
[…….]

미리 계약해 두었던 땅의 정령들까지 모조리 소환하는 것.

이것이 바로 남매가 세워 둔 비장의 한 수였다.

"소환술이라고?"

그리고 삽시간에 불어난 상대의 숫자에, 진재욱의 표정에는 미세하게나마 균열이 일어날 수밖에 없었다.

되갚아 주는 뉴비

3기의 금군 호위 무사와 5기의 정령은 전방을 막아서며 방패 형태의 대열을 만들었다.

그리고 그 뒤를 곽승우와 이규란이 받쳤다.

다친 송대욱과 도승아는 보조 역할이었고, 가장 후위에 최신우까지.

비록 그들은 수적인 열세에 있었지만 하나의 몸이 되어 탱크처럼 돌진했다.

검은 투구를 쓰고 긴 창을 움켜쥔 땅의 정령들과 붉은 무복의 호위 무사들은 최신우의 수족처럼 움직이는 소환수들이었으니.

-바짝 따라붙으십시오!

"갑니다!"

-전체 왼쪽으로!

"달려!"

헌터들과 어우러지면서도 동선이 꼬이지 않았고, 움직임에 빈틈이 없었다.

마치 오래 전부터 호흡을 맞춰온 사이처럼 밀고 나가기 시작한 것이다.

그들은 이 포위망의 가장 약한 부분을 뚫고 나갈 작정이었다.

타다다다닥!

공교롭게도 한국2팀이 앞줄에, 그 바로 뒤에는 일본 팀의 수장이라고 할 수 있는 히카리가 있는 곳이었다.

"호오⋯⋯."

입꼬리를 살짝 비틀면서 상황을 지켜보는 여헌터.

그녀는 후위에서 제 역할을 하는 원거리 딜러 타입이라고 세간에 알려져 있었다.

'그러니까 돌파 가능성은 충분해!'

최신우는 한 줄기 희망을 품으며 달려 나갔다.

그러나 상대도 그 움직임을 지켜보고만 있지는 않았다.

"뭣들 하고 있어! 당장 막아!"

진재욱의 외침에 한국2팀의 헌터들이 재빨리 몸을 움직였다.

'미안하지만 못 지나간다.'

'그러기에 처음부터 우리와 행동을 함께했으면 좋았을 것을!'

'다 죽여 주마!'

한국2팀의 헌터들은 최원호에게 의문을 품으며 반기를 들었을 만큼 각자 실력에 자신이 있는 이들이었다.

1팀이 앞선 구획에서 활약했다고는 하나, 몇 명쯤이라면 자신들의 적수가 되지 않을 것이라고 생각하고 있었다.

더구나 특무조장도 보이지 않는 상황이었다.

하지만…….

'오히려 좋아.'

최신우를 비롯한 헌터들은 모두 1구획과 2구획의 5코스를 거치면서 상당히 큰 성장을 이룬 상태.

그리고 소환수들의 위력은 소환술사의 레벨에 비례하는 것이었다.

쾅-!

그것을 계산하지 못한 한국2팀은 추풍낙엽처럼 튕겨져 나가고 말았다.

"컥!"

"흐어억!"

마치 트럭에 들이받힌 것처럼 튕겨져 나간 헌터들은 모두 어안이 벙벙한 표정을 짓고 있었다.

"이런 미친."

"뭐, 뭐야?"

"원래 이렇게 강했나……?"

최신우는 내심 입꼬리를 말아 올렸다.

당연히 원래 이렇게 강하진 않았다.

'우리가 강해진 거지.'

1구획에서도 좋은 성과를 거두었지만, 방금 2구획은 더더욱 그랬다.

일명 '골든 런'이라고 불리는 최고난도 코스를 공략한 것.

이 업적이 모두에게 열 계단 이상의 레벨 업을 거둘 수 있게 해 주었던 것이다.

마찬가지로 대열을 짜서 부딪친다면 모를까, 소환수들과 정확하게 손발을 맞추어서 돌진하는 한국1팀을 멈춰 세우기에는 역부족이었다.

"이 염치도 모르는 짐승들!"

방패 대형을 훌쩍 뛰어넘어 공세를 퍼부었던 이규란의 외침이었다.

"짐승도 동족은 알아본다! 이 쓰레기들아!"

이번에는 곽승우의 일갈.

"……."

왠지 모르게 짐승을 운운할 수 없었던 최신우는 잠자코 입을 다물고 있었다.

대신 그녀는 전력을 다해 소환수들을 통제하며 더욱 깊숙한 곳으로 부딪쳐 갔다.

'가장 약한 부분을 뚫고 나가서 미로 안쪽으로 도주하여 난전을 유도하는 것.'

이것이 원래 그들의 계획이었다.

지금 이 포위망을 뚫을 수만 있다면 충분히 시간을 끌 수 있을 것이다.

하지만 최신우의 의도를 알아챈 진재욱이 다시 한번 검을 뽑았다.

"어디서 조잡한 짓거리를! 내가 그렇게 만만해 보이나?"

그는 다시 한번 직접 선봉에 서서 전부를 몰살시켜야겠다고 생각했다.

하지만 바로 그 순간.

"……나쁘지 않네요."

히카리가 히죽 웃으며 한 발짝 앞으로 나섰다.

그녀는 최신우를 똑바로 바라보며 손을 뻗었다.

"나와 같은 정령술사였다니, 마침 잘됐어요."

무슨 말이지?

그러나 생각해 볼 시간이 없었다.

모래 미로의 저편으로부터, 도무지 어울리지 않는 서늘한 바람 한 줄기가 예리한 기세로 몰아닥쳤기 때문이다.

"어? 이건……!"

순간 무언가를 알아차린 최신우는 머리털이 쭈뼛 서는 기분이었다.

'설마 바람의 정령을……!'

확실했다.

그것도 삭풍의 검을 휘두르는 상급 개체!

절대 피할 수 없다는 직감이 머릿속을 스쳤다.

-위험해!

손안에서 해청이 저절로 뽑혀 나오며 소리친 것도 그때였다.

하지만 바람 칼날은 주어진 표적을 향해 직선으로 날아들었다.

스걱!

그리고 히카리의 목표가 된 머리통은 너무나 허망하게 잘린 채, 어깨 위에서 뚝 떨어지고 말았다.

"……!"

⌄

쿵-.

은백색 트롤왕의 거구가 눈에 쓰러지며 굉음을 일으켰다.

그워어어어어!

우우우우……!

우두머리를 잃은 실버 트롤들이 사방팔방으로 흩어지는 가운데, 나에게는 시스템 메시지들이 출력되었다.

[알림 : 설원의 지배자 '그레이트 실버 트롤'을 처치했습니다!]
[알림 : 다섯 번째 선택에서 골드 게이트가 완료되었습니다.]
[알림 : 2구획이 종료됩니다.]

2구획의 끝을 알리는 반가운 메시지.

구획이 종료되었다면 당연히 그에 뒤따르는 알림들도 있어야만 했다.

바로 보상 메시지였다.

[안내 : 보상이 지급됩니다.]
[알림 : A등급 마력석이 지급되었습니다.]
[알림 : 레벨이 올랐습니다!]
[알림 : 레벨이 올랐습니다!]
[알림 : 레벨이 올랐습니다!]

'좋아.'

또 한 차례 레벨이 껑충 뛰어 오르고, 새로운 마력석까지 받아 낸 것이다.

내가 여기서 거둔 보상들만 따져도 벌써 수십억 원 어치였다.

"허⋯⋯."

그것을 아는 석형우 기자는 고개를 절레절레 흔들고 있었다.

그가 황망한 눈으로 나를 바라보았다.

"백수현 마스터, 여기가 골드 게이트가 맞는 겁니까? 어째 브론즈 게이트 공략할 때보다 걸린 시간이 짧은 것 같은데요?"

맞는 말이다.

이번에는 30분도 걸리지 않고 골드 게이트를 끝냈다.

"운이 좋았네요."

"말도 안 되는⋯⋯."

어쨌거나 석형우는 2구획이 끝났으니 좀 쉴 수 있겠다는 희망을 온몸으로 내비치고 있었다.

나는 나대로 궁금한 것이 하나 있었다.

"기자님은 보상을 어떻게 받고 계십니까? 다 받고 계십니까?"

지독한 강행군에 나름대로 고생을 하고 있긴 했지만, 석형우는 하는 일이 없는 상태였다.

즉, 프리 라이딩.

이건 야수계에서는 감히 있을 수 없는 일이었기에 나는 그가 어떤 보상을 수령하고 있는지 알 수가 없었다.

그래서 한번 물어본 것이다.

"크흠."

석형우는 헛기침을 하더니 이렇게 대답했다.

"절반 정도 주는군요. 이것만 받아도 감지덕지라고 생각하고 있습니다."

이것만 받아도 감지덕지?

이 양반이 무슨 소릴 하는 거야?

"그 정도면 제가 보기엔 기자 은퇴하셔도 될 것 같습니다만. 아, 물론 어디까지나 모래 미로를 통과하셨을 때 이야기지만 말입니다."

"……."

몰수 규정에 따라 영원 모래 미로를 통과하지 못한 헌터는 아무것도 가져갈 수 없다.

2구획에서 거둔 막대한 보상을 진짜 제 것으로 만들기 위해서는 마지막 구획까지 통과해야 한다는 말이다.

"그, 뭐, 알고 있습니다. 그래서 잘 좀 부탁드리겠습니다, 백수현 마스터."

"말했듯이 본인 앞가림은 본인이 하시는 겁니다. 그러니까 저한테 잘 부탁하실 필요는 없지요."

석형우는 그대로 꿀 먹은 벙어리가 되어 버렸다.

간단히 대화를 끝낸 나는 천천히 고개를 들어 앞을 바라보았다.

이제 2구획의 출구가 나올 차례였다.

그런데 바로 그때.

　[알림 : 특성 '야성'이 직관을 발휘하고 있습니다. '가까운 이의 위기'에 주의하십시오.]

야성 특성의 위험 경고가 툭 출력되었다.
순간적으로 찌릿거리는 느낌과 함께 날카로운 불안감이 뒤통수를 때린 것이다.
'설마.'
나는 마른침을 꿀꺽 삼키며 그 메시지에 숨겨진 의미를 파악하기 위해 노력했다.
사실 길게 생각할 것도 없었다.
가까운 이의 위기.
신우에게 뭔가 사건이 벌어진 것이 틀림없었다.
머릿속이 팽팽 돌았다.
'뭐지? 계획대로 갔다면 신우 쪽에서는 3구획으로 들어갔을 시간인데? 설마 미니 게이트에서 문제가 생겼나?'
아니, 그럴 리가 없었다.
나는 이미 신우에게 완벽에 가깝도록 공략법을 알려 주었고, 절대로 무리하지 말라고 지시해 두었다.
'그럼 중국이나 일본과 충돌한 건가?'
그것도 좀 이상했다.

이 모래 미로 자체는 하나였기에, 같은 코스를 선택한 헌터들은 갈림길에서 서로의 흔적을 발견할 수 있었다.

나는 여기까지 오는 동안 여동생이 남긴 것 이외의 다른 흔적을 보지 못했다.

어떤 팀이든 우릴 앞질러 간 사람은 없다는 뜻과도 같았다.

그런데 갑자기 무슨 위기가……?

'설마?'

내가 모르는 뭔가가 또 있는 건가?

이 프리 라이더에게 보상을 분배하는 규칙처럼 말이다.

'알아봐야겠다.'

나는 석형우를 돌아보며 질문을 던졌다.

"기자님, 1구획에서 3구획으로 넘어가는 방법에 대해 알고 계십니까?"

"예?"

"2구획을 거치지 않고 3구획으로 들어가는 방법 말입니다. 혹시 모르시면 알려 드릴까 해서."

"……?"

내가 도발하자 석형우 기자는 피식 고깝다는 웃음을 지으며 대응했다.

"뭐 그런 걸로 아는 체를 하려고 하십니까? 당연히 알지요. 1구획 끝나고 3구획을 견학하겠다고 의사 표현만 하면 되는 것 아닙니까?"

'뭐?'

"설마 영원 모래 미로의 원형 구조에 대해서도 아는 척을 하실 겁니까? 백수현 마스터, 제가 업혀 간다고 너무 무시하시는 것……."

"아주 잘 알고 계시네요. 훌륭하십니다."

"……?"

나는 석형우의 입이 다물어지도록 한 뒤, 재빨리 바이크에 올랐다.

'젠장, 영원 모래 미로가 원형 구조라고?'

솔직히 그건 몰랐다.

'야수계에서는 게이트를 지구처럼 철저하게 분석하지 않으니까.'

수인 헌터들은 게이트를 무엇보다도 공략과 극복의 대상으로 인식하며.

역류를 일으키지 않는 등급 외 게이트마저도 위험 요소이자 재앙이라고 보았다.

어차피 없애야 하는 것.

게이트 공략에 문제가 없는 정보라면 신경 쓰지 않는 것이 그들의 방식이었다.

'솔직히 이럴 때만큼은 지구에서 게이트를 대하는 방식이 더 낫다는 생각이 들기도 해.'

하지만 게이트에서 싸움박질 할 일이 없으면 이딴 식으로 활용될 지식이 아니기도 했다.

어쨌거나 지금은 최대한 빨리 신우에게 가야 한다.

그렇게 생각을 갈무리한 나는 에어바이크의 스로틀을 당겼다.

해청을 맡겨서 만약의 상황에 대비하긴 했지만, 그건 어디까지나 안전장치.

상황을 정리하기에는 부족한 전력이었다.

내가 가야 한다.

[안내 : 현재까지 경과된 시간은 68시간 5분 19초입니다.]

츠츠츠-!

눈앞으로 광채와 함께 출구가 열렸다.

바이트의 몸체가 빛 무리를 통과한 순간, 중립 구역이 눈앞으로 펼쳐졌다.

그러자 등 뒤의 석형우가 한숨을 돌리며 말했다.

"그래도 한두 시간은 쉴 수 있겠군요. 잠을 하도 못 잤더니 머리가 터질 것 같습니다. 마침 저한테 괜찮은 위스키가 한 병 있는데 백수현 마스터께서도 한 잔……."

그러나 그 위스키병이 빛을 보는 일은 없었다.

부아아아앙……!

2구획을 막 빠져나온 에어바이크는 곧바로 3구획을 향해서 질주했으니까.

중립 구역에 발도 딛지 못한 석형우가 불을 토했다.

"아니! 이봐요! 백수현 마스터! 특무조장님! 이건 좀 너무한 거 아닙니까! 그래도 사람이 숨은 쉬게 해 줘야지!"

숨을 못 쉬겠다고?

"그럼 뛰어내리시든가."

"⋯⋯."

석형우를 다시 합죽이로 만든 나는 핸들을 붙잡은 채로 손을 들어 올렸다.

손끝으로 스치는 바람과 마력의 흐름.

이 사이에 단서가 있었다.

'해청, 어디야? 어디로 갔지?'

그리고 그 질문은 이내 응답을 얻었다.

-주인! 이쪽이야!

히카리가 휘두른 정령의 칼날에 그 목이 댕경 잘려 나간 순간.

"⋯⋯."

"⋯⋯."

모두는 석상처럼 얼어붙고 말았다.

특히 한국2팀의 헌터들이 그랬다.

그들은 떨리는 눈으로 히카리와 일본 헌터들을 바라보며 멍하니 질문할 수밖에 없었다.

"어, 어째서?"

"왜 갑자기 우리를?"

"진재욱 헌터가 뭘 잘못했다고!"

그랬다.

바람의 정령에 일격을 맞고 머리통이 떨어진 사람은 바로 진재욱이었다.

일본 팀으로부터 등을 돌리고 있다가 뒤에서 날아온 검을 맞고 단번에 절명한 것이다.

충격적인 상황.

리더를 잃은 한국2팀의 헌터들은 물론이고, 최신우를 비롯한 한국1팀 또한 발걸음을 멈춰 세운 상태였다.

"저 미친년이……!"

"같은 편을 먹은 것이 아니었나?"

"아무래도 다른 생각을 품은 것 같습니다."

최신우가 중얼거리자 이규란과 곽승우도 당혹스러운 눈빛을 주고받았다.

그들은 나란히 하나의 생각을 떠올리고 있었다.

더 이상 도망칠 수 없다는 계산.

방금 본 것이 환영 마법 따위가 아니라면, 여기서 발이 묶였다는 생각이었다.

'바람의 정령은 최고 수준의 속공을 펼칠 수 있다고 알려져 있어.'

그러니 도망쳐봐야 부처님 손바닥 안일 것이다.

무엇보다도 상황이 변했다.

이럴 때는 무조건 대담하게 나가야 한다.

"해청, 돌아와."

-알았어.

검을 거둔 최신우는 히카리를 향해 천천히 몸을 돌렸다.

그리고 빙긋 웃으며 말했다.

"배를 옮겨 탈 계획인 모양이죠? 나쁘지 않은 생각이네요."

"……."

한일 헌터들 사이에서 통역을 도맡아 하던 진재욱이 죽었으니 이젠 다른 통역이 필요했다.

이내 일본 측에서 한 사람이 스윽 나서며 히카리의 곁에 섰다.

그리고 서툰 한국어로 이렇게 반문했다.

"베쿠수혼 마스타는 어디에 있습니까?"

"흐음."

조잡하게 간신배 짓거리나 하는 진재욱보다는 실력으로 앞서 나가고 있는 오빠를 택하겠다?

'좀 더 크게 볼 줄 아는 사람이네.'

어쩌면 일이 쉽게 풀릴지도 모르겠다.

최신우는 약간의 낙관론과 함께 이렇게 대답을 내놓았다.

"내 오빠는 이미 3구획을 공략하고 있을 수도 있고, 아직 2구획에 있을 수도 있겠죠. 확실한 건 당신네들에게 밀릴 사람은 아니란 겁니다."

"1구획에서 보았던 활약이 다가 아니라는 말입니까?"

"당연하죠. 어디 보자……. 일본에서도 세븐 스타즈의 올 노운 마스터는 당연히 알고 있겠죠? 아, 그리고 백십자의 윤동식 마스터도 알고 있을 것 같은데?"

"물론 알고 있습니다."

"그렇다면 다행이네요. 백수현 마스터는 두 사람 모두에게 인정받은 거물 신인입니다. 라이선스는 좀 낮지만, 이미 대형 헌터라는 말이죠. 그런 사람과 손잡으려면 당신들도 주제 파악을 해야 할 겁니다."

주제 파악.

최신우가 던진 그 말은 일본 측에서 한국2팀을 방패막이처럼 부리던 모습을 꼬집는 것과 동시에.

방금 진재욱의 목을 친 것처럼 상대를 얕잡아 보고 움직일 수는 없을 것이라는 경고와도 같았다.

즉, 이쪽이 칼자루를 잡고 있으니 알아서 처신하라는 의미였던 것이다.

잠시 통역과 대화한 히카리가 샐쭉 웃었다.

"후후, 오모시로이.(재밌네.)"

"오모시로이……?"

"웃긴다는 뜻입니다."

그 어투에서 심상찮음을 느낀 곽승우가 칼자루를 붙잡으며 최신우 옆으로 다가왔다.

이규란 역시 마찬가지.

"저 여자, 눈빛이 불길한데요?"

"은양성의 헌터들이 진로를 완전히 막았습니다."

대화가 오가는 사이, 출혈을 간신히 누른 도승아와 송대욱이 이리저리 눈동자를 굴리며 중얼거린 말이었다.

그리고 그들의 짐작은 현실이 되었다.

히카리와 일본 헌터들이 위협적인 웃음을 짓는 것과 함께 예리한 질문을 던진 것이다.

"우리가 그를 정정당당하게 상대할 필요가 있습니까?"

"그게 무슨?"

"여동생이라는, 이렇게 훌륭한 인질이 있는데 말입니다."

"……!"

바로 그 순간, 미로 저편으로부터 또 한 번의 질풍이 몰아닥쳤다.

앞서 은밀하게 진재욱의 목을 쳤던 것보다 훨씬 크고 강력한 정령력.

높게 이는 바람을 위하여.

모든 것을 휘어잡을 것이다…….

그것은 곧바로 십수 개의 인형으로 화하여 몸을 일으켰다.

의심할 바 없이 집단 전투를 시작하는 움직임이었다.

최신우는 히카리의 의도를 깨닫고는 얼어붙었다.

'나만 인질로 남기고 모두를 죽이려는 거야!'

이대로라면 불필요한 피가 또 한 번 흐를 수밖에 없었다.

어쩌면 모두가 죽을지도 모른다.

그렇게 둘 수 없었던 최신우가 모든 소환수를 역소환하며 소리쳤다.

"잠깐만요! 그럴 거면 나 하나만 잡아가면 되잖아요!"

그러자 한국 측에서도 고함이 터져 나왔다.

"무슨 소릴!"

"이 새끼들아! 너흰 뭐 하고 있는 거야! 전부 전투 준비해! 아직도 상황 파악이 안 돼?"

"……!"

이규란이 최신우의 앞을 가로막으며 검을 들어 올렸고, 곽승우는 한국2팀의 헌터들을 향해서 소리친 것이었다.

헌터들은 비로소 상황을 이해하고 몸을 돌려세웠다.

이미 일본 측이 진재욱을 살해한 상황이다.

내친 김에 여기서 모두를 죽여서 입을 막는 것도 충분히 고려해 볼 수 있는 선택지였다.

'이번 게이트가 종료된 뒤, 한국과 외교적인 마찰을 의도하는 것이 아니라면 더더욱 그렇겠지.'

경쟁을 위해 이렇게까지 하다니.

"저 지독한 년."

"……."

최신우는 히카리를 정면으로 바라보며 천천히 걸어갔다.

그러자 이규란이 그녀를 붙잡으며 발악하듯 소리쳤다.

"최신우! 안 돼! 가지 마!"

"가야 돼요, 마스터."

"시끄러워! 클랜 마스터로서의 명령이야!"

"그럼 사표 쓸게요."

"뭐라고?"

"언니, 난 괜찮으니까 여기서 오빠를 기다려 줘요. 분명히 뭔가 방법이 있을 거예요."

"……."

이윽고 최신우의 시선이 히카리에게 돌아갔다.

사실 그녀가 금군과 정령들을 역소환하는 순간에 걱정했던 것은 따로 있었다.

'이 여자가 여기서 확실하게 하겠다면서 칼부림을 내면 어떡하나 했는데, 다행히 그러진 않네.'

어차피 인질을 손안에 쥔 상황.

다른 헌터들은 나중에 처리해도 된다고 생각하고 있는 듯했다.

히카리가 비릿한 웃음을 머금으며 말했다.

"역시 정령술사들끼리는 말이 잘 통해서 좋군요."

"나 정령술사 아닌데."

"……?"

"가죠. 어차피 여기서 오빠와 싸울 것도 아니잖아요? 함정 준비하셔야죠?"

일본 팀 헌터들은 최신우를 단단히 포박한 채 모래 미로의 어둠 속으로 사라졌다.

이규란과 곽승우를 비롯한 헌터들은 그 모습을 망연자실하게 바라볼 수밖에 없었다.

그로부터 약 5분 뒤.

[안내 : 3구획 5코스에 입장합니다.]

에어바이크를 탄 최원호가 빛으로 이루어진 게이트를 통과하여 등장했다.

"특무조장님!"

"백수현 마스터!"

"……."

내가 바이크를 모로 눕히면서 브레이크를 잡자, 모든 헌터들이 다급히 달려왔다.

그들은 모래 먼지를 뒤집어쓰면서도 마구잡이로 말을 쏟아냈다.

"한채미 헌터가 일본 팀에게 인질로 잡혀 갔습니다!"

"3구획 안쪽에서 함정을 파고 마스터를 공격할 계획이에요!"

"저희는 결사항전하려고 했지만 신우가……!"

"……."

난 무어라 대답하지 않았다.

몸과 머리가 분리된 진재욱의 시체.

그리고 하얗게 질린 얼굴들을 한차례 살펴보는 것만으로 모든 사정을 짐작한 것이다.

벌써 사건은 다 벌어진 상태였다.

"중국은?"

"예? 아, 중국 팀은 보이지 않았어요."

"그럼 시간은 얼마나 지났지?"

"약 5분 정도입니다."

5분이라…….

더 빨리 올 수도 있었다는 생각이 든 나는 무거운 한숨을 토해 냈다.

　3구획으로 견학 기능을 사용할 수 있다는 사실과 일본 팀 헌터들이 기록에 대한 도전을 전부 포기하면서까지 달려들 가능성을 알고 있었다면.

　난 당연히 미니 게이트 하나를 포기하고 먼저 3구획으로 들어왔을 것이다.

　'그러면 신우가 끌려가는 일도 없고, 불필요한 죽음 하나를 막을 수 있었을 텐데.'

　진재욱.

　날 눌러 보겠다고 과욕을 부리던 붉은손의 헌터 놈은 무모한 기회주의자였다.

　어쩌면 무고한 자국 헌터들을 공격하려 했던 것에 대해 마땅한 벌을 받은 것일지도 모르겠다.

　하지만 나는 입맛이 썼다.

　비록 반기를 들었다고는 하나, 아직은 내 휘하의 헌터였고…….

　'힘의 격차를 보여 주면 머리를 숙일 놈이었어.'

　결국 타이밍을 못 잡아서 이리된 것이다.

　내 탓이라고 자책하는 것은 아니지만, 그래도 유감스러운 건 어쩔 수 없었다.

　'붉은손 진세희 마스터의 남동생이니까 한국에 돌아갔을 때 파문도 적지 않을 테고.'

다행스럽게 이 사태를 수습하는 것은 나의 몫이 아니었다.

여기엔 알맞은 적임자가 있었다.

내 등 뒤에서 잔뜩 당황한 채 눈동자를 굴리고 있는 석형우 기자.

"대, 대체 무슨 일이……?"

나는 죽은 진재욱의 시체를 바라보며 입을 딱 벌리고 있는 그에게 짧게 말했다.

"내려서 직접 보세요."

"아, 그래도 되겠습니까?"

"네, 여기서 무슨 일이 있었는지도 직접 취재하십시오. 처음부터 끝까지, 하나도 빠짐없이 말입니다."

"취재에 협조해 주셔서 고맙습니다!"

"……."

누가 들으면 내가 취재를 방해하기라도 한 줄 알겠네.

석형우 기자가 에어바이크의 뒷자리에서 내려서 땅을 딛고 선 순간.

"그럼 이따 봅시다."

"예?"

부우우우웅-!

나는 설명하지 않고 대신 스로틀을 힘껏 당기면서 앞으로 튀어 나갔다.

당황한 기자가 뒤에서 무어라 외친 것 같았지만, 이미 한

참 멀어진 뒤였다.

어차피 곧 다시 돌아올 것이다.

꽤나 오랜만에 석형우를 떼어내고 혼자가 된 나는 멍하니 생각했다.

'더 이상 누굴 잃을 순 없어.'

부모님, 영하 누나와 친구들까지.

내 사람을 잃어버리는 것은 이미 충분히 맛보았다.

어떤 이유가 됐든 이제는 용납할 생각이 없었다.

그럴 능력이 없었으면 지구로 돌아오지도 않았을 것이다.

나는 다시 입을 열었다.

"해청, 어디야? 움직이고 있어?"

그러자 마력의 통로를 타고 돌아오는 응답.

-아니! 멈췄어! 엄청나게 거대한 모래 지옥이 있는 곳이야!

"모래 지옥을 몇 번 지나쳤어?"

-이게 첫 번째야!

"첫 번째 모래 지옥. 알았어."

나는 신우에게 맡긴 해청과 의사소통을 하고 있었다.

앞서 1구획에서 내가 역대 3위라는 성적을 올리면서 해청 역시 무기로서 한 단계 성장할 수 있었고.

녀석은 새로운 권능 하나를 개시하게 되었다.

'해태의 탈피.'

다시 말해, 껍질을 깨고 나오는 것.

이 권능은 수인검이 본격적으로 위력을 발휘하기 시작하는 시작점과도 같았다.

'검에 갇힌 영혼이 일부나마 바깥으로 유영할 수 있게 하고, 자체적인 마력을 응집할 수 있게 해 주는 권능이거든.'

즉, 수인검에게 일종의 주권을 부여하는 권능이기도 했다.

하지만 갑자기 자유를 얻게 된다 한들, 당장은 그 효용을 제대로 알 수 없는 법.

해청은 이 힘을 어떻게 활용해야 하는지 어리둥절한 눈치였다.

하지만 수혼검을 여럿 다뤄 보았던 나는 녀석에게 필요한 이야기를 정확하게 해 줄 수 있었다.

-신우에게 무슨 일이 생기거든 네가 직접 싸우는 거야.

-내, 내가 직접?

-그래. 그리고 나와 연결된 마력 흐름을 이용해. 혹시 내 존재가 느껴지지 않으면 표시라도 남기고. 무슨 말인지 알겠어?

-웅! 알겠어!

해청은 원래 디멘션 하트 안에 갇혀 있던 해태의 영혼으로서 자신의 고유 마력으로 몸체를 형상화하여 움직였을 만큼 뛰어난 신수였다.

수혼검에 깃든 채 시간을 보내며 그 감각을 잠시 잊었다고
는 해도, 스스로 마력을 다루게 되면 금세 감각을 기억해 낼
수 있을 터였다.

그 결과가 바로 이것이었다.

"이쪽이군."

–어서! 서둘러! 주인!

나는 굽이굽이 꺾이고 갈라지는 모래 미로 속으로 질주하
며 점점 가까워지는 것을 느꼈다.

해청이 보내오는 마력 신호.

파장이 왜곡되지 않았다면 신우는 바로 이 앞에 있었다.

'이제 이 코너만 꺾으면……!'

바로 그때.

별안간 바닥이 푹 꺼지는 것과 함께 눈앞으로 지독한 모래
바람이 몰아닥쳤다.

그리고 시스템 메시지가 떠올랐다.

[안내 : 3구획의 첫 번째 혼란이 시작됩니다.]

[알림 : 현재 지점부터 '방향의 혼란'이 적용됩니다.]

갑자기 벼랑을 만나기라도 한 것처럼 에어바이크가 수직

으로 떨어진다.

그러나 그와 동시에 내 옷자락은 갑작스러운 돌풍을 만난 것처럼 뒤로 펄럭이기 시작했다.

심지어 머리카락은 위에서 잡아당기는 듯이 위로 솟구치고 있었다.

마치 보이지 않는 신들에게 세 방향에서 붙잡힌 것처럼 말이다.

[경고 : '방향의 혼란'이 적용되고 있습니다. 감각에 주의하십시오.]

이것이 감각을 속이고 기만하는 '혼란'의 효과였다.

3구획의 테마.

지금은 시스템 메시지가 경고하고 있는 것처럼 헌터의 방향 감각을 헷갈리게 하고 있었지만.

'청각, 후각, 촉각……'

전투와 공략에 필수적이라고 해야 할 '시각 정보'마저 왜곡시켜 참가자를 위기에 빠뜨리는 곳이 바로 이 3구획이었다.

더구나 이곳은 5코스.

감각 왜곡의 정도가 상상을 초월하는 수준이다.

'그리고 모래 지옥마다 새로운 감각 혼란이 가중되는 식으로 진행되지.'

견학 기능을 통해 3구획에 들어와서 장애물을 적용받지

않는 일본 팀은, 이 효과를 이용해서 나를 궁지에 몰아넣을 계획이었을 것이다.

'뭐, 객관적으로 나쁘지 않은 계획이었어.'

하지만 나는 당황하지 않았다.

어차피 감각의 기준을 잡으면 어렵지 않게 극복할 수 있는 문제였으니까.

'일단 에어바이크부터.'

나는 핸들 옆에 붙은 조작부를 건드렸다.

그러자 축소 기능이 작동하며 아공간 속으로 빨려 들어갔다.

그런 뒤에 나는 몸을 뒤집었다.

위아래가 바뀌고 좌우가 뒤섞인다.

중력의 방향은 또 한 번 마구잡이로 엉키면서 내 감각을 가지고 노는 듯했지만.

"해청!"

―응! 이쪽이야!

난 해청과 연결된 마력 신호를 나침반으로 삼아서 진행 방향을 다잡았다.

'일본 팀 헌터들과 신우가 있는 곳.'

내가 그쪽을 향해 정확하게 얼굴을 돌린 그 순간.

마치 유리 조각이 섞인 듯이 날카로운 바람이 뺨을 스쳤다.

'모래 바람!'

거친 모래 입자를 머금은 질풍이 나를 향해 몰아닥치며 빠르게 속도를 올리고 있었다.

앞서 내가 트롤왕을 잡기 위해 불러냈던 그 무시무시한 폭풍우만큼의 위력은 아니었지만.

콰구구구구……!

오히려 방향을 종잡을 수 없었기에 더욱 위협적이었다.

사방팔방에서 몰아닥치는 예리한 바람에, 어디로 돌아서더라도 눈을 뜰 수가 없을 정도였다.

나는 그 위력을 느끼며 조용히 중얼거렸다.

"이거였군."

몰아치는 바람 공격은 정령의 본체를 소환하지 않고도 사용할 수 있는 '윈드 커터'라고 불리는 무기였다.

아직 본격적인 공격 기능을 전개하지는 않았지만, 이건 적어도 상급 정령 이상의 위력이었다.

당장이라도 발톱을 꺼낼 것처럼 으르렁거리는 바람 칼날이 노리는 목표는 명백했다.

당연히 나의 목이었다.

'여기서 내가 빈틈을 드러내기만 하면 곧바로 위력을 집중시켜서 치명상을 입히려고 달려들겠지.'

앞서 진재욱의 목을 친 것도 바로 이 바람 칼날인 듯했다.

"……."

조금만 집중력을 잃는다면 맹수처럼 근처를 맴도는 바람

줄기에게 목을 물어뜯기게 될 것이다.

하지만 그렇게 당할 생각은 없었다.

바로 다음 순간.

　[안내 : 특성 '마도'가 반응하고 있습니다.]

스스스-.

나는 한 손을 들어 올리며 마력을 끌어 올리기 시작했다.

그러자 때를 잡았다고 생각했는지 모래 바람이 정면으로 휘몰아치며 달려들었다.

역시나 당장 목을 잘라 내겠다는 의도였고, 나쁘지 않은 시도였다.

비록 곧바로 무산되고 말았지만 말이다.

　[스킬 : '파동 흡수'.]

난 처음부터 철견을 활성화시켜 둔 상태였다.

그러므로 금속의 표면에서 마력장을 뽑아내어 방어막을 둘러치는 작업은 그야말로 찰나의 순간에 이루어졌고.

프스스……

마력장에 가로막힌 바람 칼날의 공격은 허무하게 스러지고 말았다.

주어진 한도 안에서 모든 마법 공격을 흡수하는 강력한 상쇄 작용 덕분이었다.

그러고도 나는 계속해서 마력을 움직였다.

'이참에 아예 기를 꺾어 놔야지.'

이번에는 모처럼 한 사람의 마법사로서 마도 특성을 발휘할 생각이었다.

나는 의지를 담은 마력을 철견의 방어막 너머로 투사했고.

그 지배력이 물결처럼 너울거리며 퍼져 나간 순간.

[스킬 : '도미네이터스 에어'.]

소소하지만 위력적이고, 희미하지만 효과적인 마법이 시작되었다.

아무것도 없던 허공에서 새로운 바람의 줄기가 일어나 상대를 옭아매기 시작했다.

슈우우우- 쾅!

두 갈래의 모래 바람이 공중에서 맹렬하게 부딪쳤다.

마치 먹이를 두고 싸우는 두 마리의 코브라처럼 보이는 광경.

평범한 전장이었다면 제대로 보이는 것이 없었겠으나, 이곳은 모래로 만들어진 좁은 미로였기에 먼지의 흐름을 따라 싸움의 모습도 그대로 드러나고 있었다.

쾅! 콰아앙!

사실 이 승부의 향방은 처음부터 정해져 있는 것이나 마찬가지였다.

내가 사용한 마법은 '지배자의 하늘'이라는 이름값을 톡톡히 하는 것이었다.

이 자체로는 별다른 공격력이 없으나, 광범위한 지역 내의 대기를 강제로 가라앉혀 바람 계열을 띤 마법 기술과 정령술에 대항하는 효과.

상대가 펼친 바람 칼날의 카운터펀치라고 할 수 있는 마법이었다.

'건방지게 정령을 소환하지도 않고 공격 기술만 쏙 뽑아서 사용하는 짓거리를 찍어 누르기에는 이것만한 게 없지.'

그 결과, 정령력으로 일으킨 모래 폭풍은 빠르게 잦아들기 시작했고…….

샤아아아…….

스윽.

이내 모래 먼지가 가라앉으며 사위가 잠잠해졌다.

아직 3구획 특유의 검은 안개가 드리워 있었지만 이런 것은 아무것도 아니었다.

이제 다시 방향을 잡을 시간.

나는 어둠 너머를 향해서 두 가지 권능을 전개했다.

[권능 : '추적자 들개의 집념'.]
[권능 : '탐색자 고양이의 수염'.]

그러자 머릿속으로 모습이 그려졌다.

팔짱을 낀 채 가만히 있던 일본인 여헌터가 살짝 놀란 표정으로 내가 있는 곳을 바라보고 있었다.

저벅저벅.

내가 그 방향을 향해 천천히 걷기 시작하자, 그녀는 안색을 바꾸어 태연자약한 웃음을 지으려 했다.

하지만.

'이미 다 봤어. 이 사이코패스야.'

나는 철견의 공격 기능을 점검하며 곧장 걸어갔다.

그 와중에도 방향 감각은 마구잡이로 뒤섞이고 있었다.

솔직히 지금 내가 앞으로 가는 것인지 옆으로 걷는 것인지 헷갈릴 지경이었다.

그래서 나는 오히려 눈을 감아 버렸다.

'해청의 존재감.'

'그리고 두 가지 권능이 교차되며 만들어 내는 확실한 위치 정보.'

내 감각을 믿지 않고 오직 이 단서들이 가까워지는 방향을 쫓아서 걷는 것이다.

그렇게 히카리의 위치를 잡아 낼 수 있었다.

아직까지는 이 정도로 충분하다.

나는 히카리의 등 뒤에서 휘몰아치고 있는 모래 지옥 너머에 내가 찾던 녀석들이 있음을 깨달았다.

-주인이 오고 있어!

"아, 쪽팔려. 또 빙신우라고 놀리겠네."

두 손으로 얼굴을 감싸 쥐며 중얼거리는 신우.

나는 피식 웃었다.

"알긴 아나 보네, 빙신우."

하지만 곧바로 녀석에게 갈 수 있는 것은 아니었다.

히카리와 모래 지옥.

마치 모래 지옥의 수문장처럼 버티고 선 여헌터가 나를 흥미로운 생물을 보듯이 바라보고 있었기 때문이다.

"각코이……."

'뭔 코이?'

나는 일본어를 거의 알지 못했다.

그러니 일본 팀의 리더인 히카리가 중얼거리는 말도 알아들을 수가 없었다.

하지만 왠지 모르게 나를 향해 번쩍이는 눈동자가 조금 위험해 보이기는 했다.

'고미정의 눈빛이 딱 저랬는데.'

뭐 어쨌거나.

"별일 없었지?"

"배고픈 것 빼고는 별일 없어."

"그저 먹을 것밖에 모르는구나."

"나가면 떡볶이 먹자."

"그래, 대신 로제 떡볶이니 기름 떡볶이니, 유행 타는 거 말고. 난 느끼해서 못 먹겠더라."

"칫, 아재 입맛."

"뭐? 구하러 온 오라버니께 아재? 누가 아재 소리를 내었어?"

"……소고기 살게."

"한우 꽃등심으로."

"예, 제가 아주 질리게 먹여 드리겠습니다, 오라버니."

"이제야 이야기가 좀 통하는군."

동생이 무사하다는 것을 확인한 나는 빙긋 웃었다.

그리고 말이 없는 히카리를 향해 입을 열었다.

"할 이야기가 많은데, 한국어 못 하지?"

"……."

"일단 내 동생부터 돌려받겠어. 내놔."

나는 신우를 가리킨 뒤에 손가락을 까닥거렸다.

한국어야 안 통하더라도, 눈이 있다면 알아들었을 것이다.

히카리는 뒤편을 향해 짧게 손짓했다.

그러자 헌터 하나가 달려와서 그녀의 목소리에 귀를 기울이더니, 곧 나에게 이렇게 말하는 것이었다.

"백수현 마스터, 잠시 하고 싶은 이야기가 있습니다. 들어 주시겠습니까?"

하고 싶은 이야기라.

나는 천천히 고개를 끄덕이며 응답했다.

"그래, 해 봐. 잠깐은 들어 줄 테니까."

조금이라도 길게 늘어지면 곧바로 시작할 것이다.

'피의 보복.'

당연하잖아?

비록 앞잡이일지언정 내 휘하의 헌터가 살해당한 상황.

절대로 그냥 넘어갈 수 없었다.

더구나 내 동생을 납치해서 인질로 삼았다는 것은 선전포고나 마찬가지였다.

나를 비롯한 한국 헌터들 전부를 살인멸구하겠다는 의도가 뻔히 보이는 짓거리.

이미 나는 지금의 이 상황을 전쟁이라고 인식하고 있었다.

그러니까 유언 정도는 들어 둘 생각이었다.

한데 눈앞의 상대는 그렇지 않았나 보다.

"당신, 우리에게 합류하는 것이 어떻습니까?"

"합류라니?"

"말 그대로 은양성에 합류하는 것 말입니다."

피식 헛웃음이 나왔다.

벌써 사람 하나를 죽이고, 또 한 사람을 억류까지 하고 있는 주제에…… .

"단순히 손을 잡자는 것이 아닙니다. 이것은 정식으로 스카우트 제안을 하는 것입니다. 나는 그럴 만한 권한을 가지고 있습니다."

"……."

이 여자는 본인이 정말 칼자루라도 쥔 것처럼 으쓱거리고 있었다.

"이 제안은 진재욱 헌터와는 다른 대우라는 점을 강조하고 싶습니다. 그는 우리와 한배를 타기에는 자격이 마땅치 않다는 것 또한 말입니다."

'진재욱은 자격이 마땅치 않았다…….'

그래서 죽인 건가?

뭐, 본인 딴에는 당연한 처세일지도 모르겠다.

지금도 크게 다르진 않았다.

'내 모가지를 꽉 잡고 있다고 생각하고 있을 테지.'

지금 여기에는 나 한 사람이고, 더구나 가족을 볼모로 삼은 상태니까 상대가 되지 않을 것이라는 계산일 것이다.

무엇보다 히카리의 등 뒤에 펼쳐진 직경 십여 미터 정도의 큼직한 모래 지옥을 지나야만 신우에게 닿을 수 있었다.

그러니 내가 돌발 행동을 한다고 해도 원천적으로 차단할 수 있다는 자신감 또한 엿보이고 있었다.

하지만 나는 피식 웃었다.

"뭔 미친 빠가야로 같은 소릴 하고 있어?"

가만히 팔짱을 끼우는 것과 함께 알고 있는 일본어들을 총동원하기 시작했다.

"실력도 없어서 2구간은 건너뛰고 기어 들어와 겐세이나 놓고 있는 주제에, 뭐? 합류? 목숨 걸고 쇼부를 쳐도 모자랄 판에 누굴 힛다리 핫바지로 보는 거야?"

"……?"

힛다리 핫바지는 일본어가 아닌 것 같기도 하고.

뭐 어쨌거나.

알아듣지 못한 히카리와 통역의 표정이 기묘하게 일그러진다.

잠시 이야기를 나누는 두 사람.

"(무슨 말인지 정확히 모르겠지만 저놈이 우리를 모욕했습니다.)"

"(그런 것 같네요. 당연히 거절의 의미겠지요.)"

나도 나오는 대로 대충 지껄였기 때문에 어떻게 들렸을지는 모르겠다.

하지만 의미는 충분히 전해졌을 것이다.

"무슨 말인지 모르겠군요. 아무튼 협상은 결렬된 것으로 생각하겠습니다, 백수현 헌터."

나를 노려보며 씹어뱉듯이 말하는 통역.

"……."

고개를 살짝 숙인 히카리는 입술을 앙다문 채 다시 한번 뒤쪽으로 손짓을 보냈다.

그러자 일본인 헌터들이 신우의 등 뒤로 다가섰다.

그 메시지는 역시나…….

"당장 무릎을 꿇고 모든 무기를 버려라. 조금이라도 움직이거나 마력을 사용하면 네 동생을 죽이겠다."

인질극의 시작.

하지만 난 아무런 동작도 취할 필요가 없었다.

이미 움직이기 시작한 아군이 있었으니까.

후우우우욱-!

참전의 타이밍을 잡은 해청으로부터 막대한 마력의 파동이 터져 나오기 시작한 것이다.

그리고 허공에 불쑥 등장한 것은 해태의 앞발이었다.

"(뭐, 뭐야?)"

"(갑자기 무슨……?)"

아직 상황 파악을 마치지 못한 일본 팀 헌터들은 어리둥절한 표정을 짓고 있었다.

해청이 나를 향해 짧게 물었다.

-쳐?

"……쳐."

내가 대답한 순간, 금속의 발톱은 놈들의 머리 위로 사정없이 떨어져 내렸다.

"기대했던 것보다 형상화가 더 강력한데?"

나는 만족감을 느끼고 있었다.

활동을 시작한 해청을 바라보며, 어쩌면 지금껏 해청을 과소평가한 것일지도 모르겠다는 생각이 들었다.

빠각!

허공에서 튀어나온 강철의 앞발은 일격으로 머리통 하나를 곤죽으로 만들어 버렸다.

일본 헌터는 자신이 무엇에게 당했는지도 모른 채 모래 지옥 아래로 추락하고 말았다.

분명 해청의 검신은 아직도 신우의 손아귀에 쥐어져 있었으나, '탈피의 권능'은 수혼검에 갇힌 맹수의 혼을 잠깐이나마 바깥으로 풀어놓을 수 있었다.

─이랏샤이마세!

콰작!

앞발은 거침없이 두 번째 머리통을 후려갈기는 중이었다.

나는 고개를 끄덕였다.

역시 과소평가가 맞는 것 같다.

'내 생각보다도 더 강해졌어. 직접 전투에 거부감도 없는 것 같고.'

기꺼운 일이다.

수혼검이 탈피에 능숙해지면 고유 마력을 통해 원래의 형태까지 점점 더 완벽하게 구현할 수 있다.

그렇다면 다음 단계인 '탈각'에 도달하면 어떻게 되는 걸까?

'굉장하겠는데?'

말로 여태껏 만나 보지 못한 최강의 수혼검을 손에 넣을 수 있을지 모른다.

그것은 해청이 가지고 있던 신수로서의 격이 얼마나 드높은 것이었는지 입증하는 증거가 될 것이다.

-덤벼 봐! 이 야비한 놈들아!

퍽!

찰진 타격음과 함께 터지는 또 하나의 머리통.

무려 세 번이나 피를 보고서야 은양성의 헌터들은 정신을 차린 듯했다.

"(소, 소환수다!)"

"(이년이 이상한 모양의 소환수를 꺼내 들었어!)"

"(당장 죽여 버려!)"

와글와글 떠들면서 시선을 교환하더니 일제히 무기를 뽑아 든 것이다.

그리고 신우를 향해 살기를 드러내며 달려들었다.

그들은 발톱을 드러낸 강철 짐승의 앞발을 인식하고 있었다.

하지만.

"(그래 봐야 고작 한 기의 소환수다!)"

"(우리들을 전부 상대하는 것은 절대로 무리야!)"

"(산 채로 팔다리를 잘라 주마!)"

물경 스무 명에 이르는 자신들의 수적 우세를 이용하면 패배할 수가 없다고 판단하고 있는 듯했다.

해청이 제아무리 날고 기어도 모두를 상대하는 것은 당연히 불가능했다.

하지만 내가 그냥 두고 볼 리가 있나.

'이번에도 블랙 포스.'

내가 장궁을 꺼내 들자 비웃음이 터져 나왔다.

"(거기서 여길 요격하겠다고?)"

"(하! 그전에 네 누이가 시체로 변할 거다!)"

뭔 소린지.

애써 조소를 짓는 일본인 헌터들에게서 미묘한 불안감이 느껴졌다.

놈들의 말을 알아들을 수 없었던 나는 그냥 조용히 행동으로 응수하기로 했다.

있는 힘껏 활시위를 당긴 것이다.

끼이익…….

어차피 결과는 정해져 있으니 망설일 것도 없다.

[안내 : 특성 '무의'가 반응하고 있습니다.]
[스킬 : '혈랑궁술'.]

메시지가 떠오른 순간, 나는 그대로 시위를 놓았다.

그러자 손끝을 스치며 떠난 화살촉이 바람을 찢고 가르며 날아갔다.

공기 속에서 꿈틀대는 화살은 마치 상처 입은 짐승처럼 날카로운 비명을 내질렀다.

그리고 다음 순간.

콰아앙—!

"아악!"

"흐, 흐어어……."

모래 지옥 너머에서 거센 폭음이 터져 나오는 것과 함께 예닐곱 명의 일본 헌터들이 한꺼번에 찢겨 나갔다.

강력한 폭격에 피와 살점이 낭자했다.

동생을 향해 가장 먼저 달려들던 헌터들의 것이었다.

"……."

"……."

충격적인 침묵이 내려앉았다.

그리고 의문과 당혹감 속에서 뒤엉키는 시선들을 보며 나는 피식 웃었다.

"(저놈, 대체 뭐야?)"

"(어떻게 이렇게 강력한 폭시가……?)"

"(거, 검사가 아니었나?)"

소드맨을 운운하는 것 같은데, 1구획에서 내가 싸우는 모습을 보았던 놈들이라면 혼란을 느낄 법도 했다.

그때 난 명백히 전위로서 전투를 이끌었기 때문이다.

하지만 나는 칼을 쓰는 것만큼이나 활에도 익숙했다.

"(전원 방패 패용!)"

앞줄의 헌터 하나가 고함을 내지르자 모두가 방패를 꺼내 들었다.

마력을 담은 화살 공격은 간격이 긴 것이 보통이니까 타이밍만 잘 맞춰서 막으면 된다고 판단한 모양이다.

그러나 그것은 착각이었다.

'아주 성대한 착각.'

화살 공격은 즉시 재개되었다. 그리고 단 1초도 쉬지 않고 모두를 향해 소나기처럼 퍼부어지기 시작했고.

콰콰콰콰쾅-!

쏟아지는 모든 화살에 폭발 명령이 걸려 있다는 것을 알았을 때는 이미 상황이 끝난 뒤였다.

◆

처음에 최원호가 쏘아 보낸 첫 화살이 왼쪽 귓불 바로 아래를 통과하여 지나갔던 그 순간.

히카리는 참 미련하다고 생각했었다.

'미친 건가요? 동생이 죽어도 상관없다는 거죠?'

사실 저 여자가 친동생이 아니었던 건가 의심마저 들었다.

'아까는 분명 살갑게 인사를 주고받는 것 같았는데 말이죠. 어떻게 인질의 안위는 생각하지도 않고 과감하게 활을 쏠 수 있는 거죠?'

하지만 상황이 진행되면서 그녀의 표정은 굳어질 수밖에 없었다.

그 첫 화살이 폭발을 일으키고, 단 몇 초 만에 모두가 폭격의 희생양이 되었다.

"거, 거짓말."

어떻게 해 볼 틈도 없이 모두가 터져 나갔다.

모래 지옥 너머에 서 있는 은양성의 헌터는 사실상 한 사람도 없었다.

대부분이 폭사당했다.

"끄으윽……."

어렵사리 살아남은 이들도 몸을 일으키지 못하고 있었다.

그 꼴을 보고난 뒤에야 그녀는 비로소 깨달았다.

인질이라고 잡아온 것이 사실은 인질이 아니었다는 사실을 너무 늦게 알아차린 것이다.

인질극 따위를 벌이기에 상대는 너무나 강했다.

특히 저 남자가!

"해청, 엄호하면서 방향 지시해 줘."

—응!

"넌 이제 내 뒤로 와. 천천히."

"알았어, 오빠."

최원호의 손짓을 받은 최신우는 마력을 천천히 풀어내기 시작했다.

그러자 모래 미로 구석에 있던 작은 바위 하나가 스윽 떠올랐다.

시커먼 아가리를 벌린 모래 지옥 위를 안전하게 지나갈 수 있도록 발판으로 삼은 바위였다.

탁.

히카리가 지켜보는 가운데, 최신우는 바위 위로 올라섰다.

그리고 최원호가 있는 곳으로 향해 서서히 움직였다.

쓰러져 있던 헌터가 벌떡 몸을 일으켜 달려든 것은 바로 그때였다.

"죽어라!"

"……!"

그와 동시에 히카리 또한 손을 들어 마력을 투사하려 했다.

공중을 뜬 상태로 움직이는 최신우의 균형을 무너뜨려 모래 지옥에다 빠뜨리겠다는 생각.

동귀어진의 일격을 시도한 것이다.

–어딜!

해청이 황급히 움직였다.

하지만 그보다도 먼저 날아든 것이 있었으니.

최원호의 손끝을 떠난 화살이었다.

끼이이이이– 쾅!

"헙!"

"아악!"

전광석화처럼 빠른 속시(速矢)와 또 한 번의 강력한 폭격.

최후의 발악을 하던 헌터는 오히려 자신이 모래 지옥 안으로 빨려 들어가는 결과를 맞이하고 말았다.

그리고 히카리는 손목을 잃었다.

'그 순간에 발사각을 맞췄다고?'

화살은 그녀의 팔을 관통해서 달려들던 헌터의 발밑을 터트리는 신기를 선보였다.

히카리는 최신우가 모래 지옥을 건너서 오빠의 곁으로 돌아오는 것을 멍하니 지켜볼 수밖에 없었다.

'이건 정말 말도 안 돼.'

천천히 활을 내리는 남자.

놀라움을 넘어 공포마저 느낄 정도였다.

끔찍한 소리를 내며 날아간 화살을 폭발시키는 강력한 공격 기술은 사실 낯이 익은 것이었다.

히카리는 이 기술의 대가 한 사람을 알고 있었다.

'텐류 마스터.'

바로 자신과 은양성 헌터들을 지휘하는 SSR급 헌터이자, 일본의 최강자이자 세븐 스타즈의 일원인 '텐류'.

그 남자가 사용하는 궁술의 고유 특징이 이러했다.

날아가는 동안 마력을 응집하며 목표물에 꽂힌 순간 폭발하는 모습은 텐류가 자랑하는 '욱천궁도'의 시그니처와도 같았다.

그런데 고유 장기가 고스란히 재현되는 것을 보았다.

아니, 사실 그 이상이었다.

'마스터가 사용하는 욱천궁도의 폭발 화살은 활시위를 놓을 때 딜레이가 있었다.'

궁술의 궁극에 도달한 텐류였지만, 순간적으로 마법 명령을 주입하기 위해서 미세한 간극이 필요했던 것이다.

'……그런데 방금은 아무런 딜레이가 없었어!'

마치 숨 쉬는 것처럼 자연스럽게 활을 당겨서 쏘아 보냈다.

그것도 수십 번이나.

화살 통에 넣어 두었던 화살을 단숨에 비워 버렸다.

그 정교하면서도 빠른 사격 솜씨만으로도 SR급 헌터 따위는 우습게 찍어 누를 정도였는데.

'어떻게 마력 제어를 그렇게 빠르게 할 수 있는 거지?'

화살에 마법을 부여하고 통제하는 실력은 세계 최강의 마궁 텐류보다도 한 단계 높은 수준이었다.

그러니 보고도 믿을 수가 없었다.

반면 최원호는 손가락을 매만지며 내심 혀를 차고 있었다.

"오랜만에 하니까 살짝 느려진 것 같은데."

혈랑궁술.

일명 '피 늑대의 활'.

최원호가 야수계에서 창안한 무학 중 하나인 이 궁술의 주된 효과는 사실 폭발 따위가 아니었다.

'흡혈과 마력 활용.'

피를 가진 목표의 체내에 박혔을 때, 순간적으로 그 혈액을 빨아먹고 마력을 흡수하여 '부가 효과'를 만들어 내는 것.

즉, 혈랑궁술은 육천궁도 따위를 아득히 능가하는 기술이었다.

궁수가 시위를 당기면서 충분한 에너지를 집어넣었고, 빨아먹는 피에도 충분한 에너지가 깃들어 있다면.

폭발뿐만 아니라 관통, 가속, 방향 전환, 독공 등 얼마든지 새로운 효과를 창출할 수 있었던 것이다.

그야말로 차원이 다른 궁술.

물론 히카리는 이러한 속사정은 전혀 알 수 없었다.

단지 자신이 본 것만으로도 충격과 공포를 느끼며 얼어붙었을 뿐이었다.

"끄으윽."

"히카리 상!"

"도와주십시오……!"

"제, 제발."

"……."

간신히 목숨을 건진 헌터들 몇몇이 죽어 가며 버둥거리고 있었으나, 그녀는 모래 지옥 너머로는 한순간도 시선을 돌리지 않았다.

오로지 최원호를 노려보는 것에 전력을 다하고 있었다.

그러다가 입을 열어서 말했다.

"다, 당신! 뭔가 숨기고 있는 게 있지 않습니까?"

통역이 덜덜 떨면서도 히카리의 말을 전하자, 최원호는 살짝 고개를 기울였다.

'내가 숨기고 있는 것?'

비밀이라면 당연히 있다.

지구에서 차원 역류에 휘말려서 야수계에 떨어졌다가 44년 만에 돌아왔다는 것.

그 와중에 '거신의 조각'을 얻어서 '신성'이라는 히든 스탯을 개화했다는 것.

그리고 그 신성이 신인류라는 놈들의 에너지를 흡수한다는 것.

하지만 그 어느 것도 이 여자와는 관련이 없었다.

지금 해야 할 것은 비밀 이야기가 아니라 복수였다.

"뭔 소린지……. 신우야, 칼 줘."

"응."

여동생에게서 해청을 돌려받은 최원호.

그는 비스듬히 고개를 기울이며 히카리에게 말했다.

"내 비밀이 왜 궁금하지? 당신이야말로 숨기는 게 너무 없는 것 같던데."

"무슨 말이죠?"

"욕심 말이야. 좀 적당히 부리지 그랬어."

"이기기 위해서 욕심을 가지는 게 잘못인가요?"

"사람을 빼 가는 거야 그렇다 쳐도, 그렇게 다루면 안 되지. 무슨 부품 폐기 처분하듯이."

"여긴 게이트입니다. 어떤 일이 벌어지든 이상할 것은 없죠. 그리고 훈수는 사양하고 싶습니다만."

훈수라면 훈수가 맞긴 한데.

"……게이트니까 어떤 일이 벌어지든 이상할 게 없다? 아주 게이트 애호가 납셨네."

[안내 : 특성 '야성'이 반응하고 있습니다.]

가장 듣기 싫은 헛소리.

퓨리 에너지가 순간적으로 끓어오를 정도였다.

'더 들을 것도 없다.'

최원호의 신형이 신기루처럼 사라졌다가 히카리의 등 뒤

에서 나타났다.

그는 마치 야구 배트처럼 블랙 포스를 휘둘러 히카리를 후려갈겨 버렸다.

빠악!

"……!"

여헌터는 외마디 비명조차 지르지 못한 채 쓰러졌고.

"흐어어억!"

통역 노릇을 하던 헌터는 멱살을 잡힌 채 모래 지옥 안으로 내던져졌다.

살려 달라고 비명을 내질렀지만 최원호는 들은 척도 하지 않았다.

'모래 미로가 끝날 때 사막 어딘가에서 반쯤 미쳐서 발견되겠지.'

목숨만큼은 살려 준 것이다.

하지만 히카리의 처분은 달랐다.

"마력 체계를 파괴해서 일본으로 돌려보내 주마."

"무슨 말이죠?"

이제 한국어를 일본어로 옮겨 줄 사람이 없으니 알아들을 수가 없었다.

하지만 최원호는 신경 쓰지 않았다.

"어떤 일이 벌어지든 이상할 것이 없다며? 그러니까 받아들이라고."

그 말을 그대로 돌려준다.

히카리에게는 영원히 게이트에서 활약할 수 없도록 만드는 형벌을 줄 생각이었다.

츠츠츠…….

최원호는 여헌터의 목을 움켜잡으며 퓨리 에너지를 끌어올리기 시작했다.

상대의 마력 체계를 아예 녹여 버릴 작정이었다.

해 본 적은 없지만 마력 체계를 감염시키는 맹독 권능을 극한까지 불어넣는다면 충분히 가능한 일이었다.

그런데 바로 그 순간.

"음?"

최원호는 히카리의 눈동자에서 뭔가 묘한 것을 발견했다.

동공 위로 감도는 기이한 붉은 빛.

그리고 어떤 기시감을 불러일으키는 마력의 흐름까지.

익숙한 불길함이 등골을 스쳤다.

'이건 신인류의……?'

설마.

혹시 그래서 '숨기고 있는 것' 따위를 아까 운운했던 건가?

"흐음."

그것은 일리가 있는 추측이었다.

신인류는 점조직의 형태를 취하고 있기에 같은 조직원들끼리도 얼굴을 알지 못했다.

'내가 같은 일원이 아닐까 떠본 것일 수도 있겠어.'

확실하게 확인해 봐야 할 가정이기도 했다.

만약 예상이 틀렸다면 엄한 사람을 잡는 일이 될 수도 있었다.

마력의 느낌으로 보자면 거의 맞는 것 같지만…….

'어쩌면 심혁필 때와 마찬가지로 강제로 힘을 주입당한 경우일 수도 있으니까.'

생각을 마친 최원호는 여동생에게 뒤로 물러서서 후방을 경계하라고 지시했다.

그리고 블랙 포스를 아공간으로 회수하고는 철견을 활성화하여 적수공권이 되었다.

"무, 무슨 짓을?"

자신을 향해 다가오는 눈빛이 예사롭지 않음을 느낀 히카리가 발악하듯 소리쳤다.

하지만 피할 곳이 없었다.

최원호는 짧게 말했다.

"확인해 보자고."

시작된 것은 무자비한 구타.

그는 피도 눈물도 없이 히카리를 몰아치기 시작했다.

'주먹은 답을 알고 있다.'

이규란을 비롯한 블랙핑거 클랜원들에게서 '피의 지배'를 걷어 냈을 때와 마찬가지로.

그는 생존의 본능을 이끌어 내어 신인류가 남긴 흔적을 확인해 볼 생각이었다.

솔직한 말로 최원호에게 히카리를 제압하는 것은 쉬운 일이었다.

더구나 일대일 상황이라면.

'모래 미로에 들어오자마자 두들겨서 완전히 박살을 내 놓을 수도 있었지.'

히카리는 일본에서 SR급 30위권의 헌터로 알려져 있었으나, 지금의 그에게는 조금 까다로운 상대에 불과했다.

상성에 따라 차이가 다소 있겠지만, 레벨 60까지는 무난하게 찍어 누를 수 있을 것이다.

거기에 1구획과 2구획을 지나오면서 얻은 보상으로 인해 레벨 업까지 되어 있었으니.

[안내 : 새로운 권능 '도둑 원숭이의 손놀림'을 사용할 수 있습니다.]

[정보 : 마나 또는 퓨리 에너지를 주입하여 사지의 움직임을 가속할 수 있습니다.]

짐승 같은 누더기

퍼버버버벅!

새로운 야수의 권능까지 개방하여 엄청난 속도로 두들겨 팰 수 있었다.

"크아악!"

사방팔방에서 쏟아지는 주먹질에 히카리는 옴짝달싹도 못하도록 옭아 매인 채 얻어맞아야만 했다.

반격할 수 없는 것은 당연했고.

하다못해 도망치거나 땅바닥에 쓰러지기라도 하고 싶었지만 그조차도 허락되지 않았다.

'바, 발이 묶였어!'

최원호의 왼쪽 발끝이 그녀의 발등을 깊게 누르고 있었다.

모래 미로의 푹신한 바닥에 맞물려서 빼낼 수가 없었던 것이다.

누적된 대미지로 의식이 흐려지고 몸이 쓰러지려고 할 때마다 턱 밑에서 어퍼컷이 치솟으며 머리통을 쳐올렸다.

눕고 싶어도 누울 수가 없는 상황.

"커으어억……."

히카리는 보란 듯이 한국과 중국의 헌터들을 짓뭉개기 위해 모래 미로에 들어온 입장이었으나.

퍼어억!

지금은 치욕감 속에서 샌드백처럼 두들겨 맞을 수밖에 없었다.

그녀의 머릿속이 하얗게 탈색되어 가던 그 순간.

"그아아아아악-!"

히카리는 돌연 비명을 내지르면서 오른손을 뻗었다.

동시에 새빨간 빛과 함께 새로운 마력의 파장이 터져 나왔다.

상대를 무자비하게 두들기던 최원호마저 뒤로 튕겨 나갈 만큼 강력한 파장이었다.

"역시."

방금까지의 무기력함을 완벽하게 벗어던지는 변신에 최원호는 가만히 고개를 끄덕였다.

내 예상이 맞았다.

마법사의 손은 마력을 사출하여 마법을 지휘하는 용도로 사용된다.

지팡이를 이용하는 것은 그 지휘력을 강화하겠다는 것이고.

그러므로 앞서 손목 하나를 잃어버린 히카리는 자신의 마력을 제대로 사용할 수 없어야만 했다.

그게 정상이었다.

하지만 갑자기 괴성을 내지르며 나를 튕겨 낸 여자는 끝도 없이 마구잡이로 마력을 뿜어내고 있었다.

'무색무취의 마력.'

바로 신인류의 힘이었다.

두들겨 패면서 궁지에 몰아넣었더니 본색을 드러낸 것이다.

하지만 내심 의아한 점도 있었다.

'왜 지금까지는 신인류의 힘을 사용하지 않은 거지?'

자신이 지휘하던 일본 팀이 몰살에 가까운 피해를 입는 동안, 히카리는 이렇다 할 반격을 하지 못했다.

신우가 모래 지옥을 건너오는 동안 수작을 한차례 시도하긴 했으나 그마저도 허사로 돌아갔다.

'딱 그 정도라는 거지.'

나한테 정면으로는 턱도 없고, 틈을 봐서 견제나 노릴 수있는 정도.

이것이 히카리라는 헌터가 가진 실력이었다.

그런데 이제 와서야 신인류의 힘을 발휘하기 시작했다.

늦어도 한참 늦었다.

어째서일까?

'두 가지 가능성이 있겠지.'

첫 번째는 신인류의 힘이 자기 자신의 것이 아닐 가능성.

그리고 두 번째는 자신의 힘이지만 그것을 제대로 통제하지 못할 가능성.

'두 번째일 확률이 좀 크겠어.'

나는 히카리가 신인류로서의 힘을 제대로 다룰 수 없기 때문에 최후의 보루로 남겨둔 것이 아닌가 의심하고 있었다.

한국에서 신인류라는 족속들을 상대했던 경험이 그렇게 말해 주고 있었던 것이다.

'힘이 어디로 튈지 모르고, 스킬도 제대로 완성되지 않은 상태.'

통념을 초월하는 강력함을 갖추고 있긴 했지만 사용자가 통제하기 어려울 만큼 불안정하며.

심지어 술자를 거꾸로 잡아먹기까지 하는 재앙적인 힘.

그것이 내가 경험한 신인류의 힘이었다.

과연 이번에는……?

"캬아아아악─!"

쿠구구구구…….

여자가 찢어질 듯한 비명을 질러 대자 모래 미로의 바닥이 파도가 이는 것처럼 들썩거렸다.

내가 강제로 찍어 눌러서 없애 버린 모래 폭풍도 되살아나고 있었다.

뒤쪽으로 물러나 있던 신우가 괜찮은 것이냐고 뛰어올 정도였다.

"……."

나는 눈가를 좁히며 그 양상을 지켜보고 있었다.

'예사롭지 않은데.'

어쩌면 벌통을 건드린 것일지도 모르겠다는 생각이 들었다.

하지만 기호지세다.

이제 와서 물릴 수도 없거니와, 놈들의 잔력을 흡수할 수 있는 나에게는 마냥 나쁜 일인 것만도 아니었다.

'이렇게 강력한 마력을 뿜어내는 신인류라면 신성 스탯에 큰 보탬이 되겠어.'

신성 스탯은 보너스를 투자하는 방식으로는 성장시킬 수 없다.

그러니 이건 위험인 동시에 기회였다.

최대한으로 활용해야 하는 기회.

"가까이 오지 말고 최대한 뒤로 물러나! 얼른!"

"알았다고!"

나는 다시 한번 신우를 뒤로 물리며 상황에 집중했다.

뭐가 어떻게 될지 알 수 없었으므로, 마력과 퓨리 에너지를 동시에 끌어 올리고 있던 그때.

[알림 : 특성 '야성'이 직관을 발휘하고 있습니다. '알 수 없는 위험'에 주의하십시오.]

'떴다!'

게이트가 초기화되거나 신인류와 엮일 때마다 등장했던

메시지.

'알 수 없는 위험'에 대한 주의 메시지가 떠오른 것이다.

하지만 내 눈앞에서 벌어진 사건은 당혹스러운 것이었다.

퍽.

"커억……."

뭔가 터지는 듯한 짧은 소리와 함께 히카리가 풀썩 무릎을 꺾으며 앞으로 고꾸라졌다.

나와 신우는 나란히 눈을 깜빡거렸다.

"뭐지?"

"어, 어떻게 된 거야? 오빠가 또 때렸어?"

"아닌데?"

맹세컨대 손도 대지 않았다.

신인류의 마력을 폭발시킨 순간부터 고함을 내지르더니 혼자서 쓰러진 것이다.

'뭔가 터지는 소리가 났는데? 그건 뭐였지?'

나는 언제든지 파동 흡수를 사용할 수 있도록 철견에 마력을 불어넣으면서 조심스럽게 다가섰다.

앞으로 쓰러진 히카리의 몸통을 뒤집어서 상태를 살펴볼 생각이었다.

어깨에 손이 닿은 바로 그때.

파사사사삭!

"……!"

여자의 머리통 전체가 일그러지기 시작했다.

보이지 않는 벌레에 파 먹히는 것처럼 보이기도 했고, 머리를 둘러싼 공간이 조각조각 흩어지는 것처럼 보이기도 했다.

'이게 뭐지?'

아직 알 수 없었다.

우선 나는 재빨리 신우의 앞을 가로막으면서 철견의 파동 흡수 스킬을 전개했다.

신우 또한 내 앞으로 마법 방패를 펼쳐 내며 만약의 상황에 대비했다.

그런데 난데없는 목소리가 흘러나왔다.

"내 백인대장을 죽인 것이 네놈인가?"

"뭐, 뭐야!"

음산하게 깔리는 남자의 목소리에 깜짝 놀란 신우가 펄쩍 뛰었다.

하지만 나는 눈살을 찌푸리며 상황에 집중했다.

정확히는 흘러나오는 마력의 흐름에 온 정신을 기울이고 있었다.

"대답이 없군. '꽃'은 분명 제대로 작동하고 있을 터인데……."

꿈틀.

앞으로 고꾸라진 히카리의 몸이 느릿느릿 팔다리를 움직

이기 시작했다.

마치 공포 영화의 한 장면처럼 괴이한 각도로 모래 바닥을 짚으며 상체를 우뚝 세운 순간.

"아, 어, 오, 오빠……."

"아무 말도 하지 마."

끔찍한 광경을 본 신우가 목소리를 덜덜 떨기 시작했다.

나는 등 뒤로 녀석을 숨기면서 앞을 노려보았다.

내가 봐도 그건 정말로 못 볼꼴이었다.

'아까 그게 눈알이 터지는 소리였나 보군.'

히카리의 왼쪽 눈.

수상한 빛이 감돌던 그 눈동자에서 검붉은 꽃이 한 송이 피어나 있었다.

그러나 전혀 아름답지 않은 꽃이었다.

뚝뚝 흘러나오는 피를 머금은 다섯 개의 꽃잎은 혓바닥이었다.

눈알을 터트리고 나와서 꽃잎들을 붙잡고 있는 꽃대는 혈관이었으며…….

'꽃술은 눈알이군.'

수십 개의 작은 눈알들이 혓바닥 꽃잎들 사이에서 대가리를 내밀고 있었다.

꿈틀거리는 꽃송이는 혐오스럽다는 개념을 그대로 시각화한 것처럼 보일 지경이었다.

"나 토할 거 같아."

"내 등에 하진 마."

"……."

셀 수 없이 게이트 공략을 겪은 나였지만 저런 끔찍한 꽃 따위는 어디서도 본 적이 없었다.

그러니까 저건 놈들이 만들어 낸 괴물임이 분명했다.

신인류의 피조물.

나는 그 뒤에 있을 남자에게 말했다.

"어이, 무왕."

그러자 목소리는 가볍게 웃었다.

"역시 나를 알고 있군. 그래, 백인대장의 기억을 살펴본 것인가?"

"그 쥐 대가리? 시원찮은 놈이었어. 사람 보는 눈을 좀 기르는 게 어때?"

"……아픈 곳을 찌르는구나."

무왕.

신인류의 간부 중 하나.

용인 라미아 게이트에 몰래 숨어들었던 나는 그 멀대 같은 놈이 쥐 대가리를 부리는 모습을 직접 보았다.

그때 두 사람은 이규란을 비롯한 심혁필의 권속들을 놓친 것을 놓고 이런 대화를 나눴었다.

－한낱 병졸이 실패한 것에 대해 백인대장에게 책임을 물을 순 없겠지. 용서해 주마.

　－가, 감사합니다!

　－하지만 '힘의 파편'은 회수해야 한다. 꽃피우지 못했더라도 씨앗의 힘은 분명히 살아 있을 테니까. 이는 예언자님께서 내리는 엄명이다.

　－…….

　－왜? 자신이 없나?

　－아, 아닙니다! 할 수 있습니다!

　－물론 그래야 할 것이다. 폐기되고 싶지 않다면 말이야.

놈이 말한 힘의 파편이란 권속들을 부리는 반지를 말하는 것이었다.

그게 씨앗으로서 역할을 했던 모양이다.

그리고 '꽃'은 무엇일까 했는데…….

'진짜 꽃이었구나.'

비록 더럽게 끔찍하게 생긴 꽃이었지만 말이다.

일단 지금까지의 기능으로 봐서는 일종의 통신 단말처럼 목소리를 연결해 주는 것 같은데.

'설마하니 고작 통화 기능 하나만 있는 건 아니겠지.'

신인류 조직이 통신망이나 구축하자고 여기저기에 권속을 만들고 피를 뿌렸을 리도 없을 뿐더러…….

'지금 이 마력 흐름부터가 통신 따위에 쓸 규모가 아니야.'

그보다 몇 차원은 높은 기술을 구사할 수 있는, 대규모의 마력 운행이 이루어지는 중이었다.

이렇게 정교하고 강력한 마력을 동원해서 고작 목소리나 주고받는다면 그만한 낭비도 없을 것이다.

짚이는 구석이 하나 있었다.

나는 신인류의 꽃으로부터 휘몰아치는 마력의 흐름에 집중하며 다시 입을 열었다.

"이 여자도 너희 신인류의 백인대장이냐? 그래서 대신 복수라도 해 주려고?"

그러자 나에게 돌아온 대답은 웃음이었다.

"복수? 듣던 중 재밌는 이야기로군. 너는 어항 안의 물고기들끼리 먹고 먹힌다고 해서 대신 복수를 해 줄 텐가?"

"……?"

나와 히카리를 싸잡아서 어항 안의 물고기로 취급하는 무왕.

'무슨 개소리지?'

히카리야 그렇다 쳐도, 왜 나까지 어항 안의 물고기라고 생각하는 걸까?

"크하하하하!"

그렇게 한참이나 껄껄 웃던 목소리가 갑자기 뚝 끊어졌다.

눈알에서 꽃을 피워 낸 히카리의 고개가 스르륵 기울었다.

오싹한 침묵 사이에서 점점 더 덩치를 키우는 마력 파장.

나는 조용히 입을 다문 채 그 흐름을 유심히 살펴보고 있었다.

'그래, 역시 이건…….'

내 머릿속에서 오가는 생각을 모르고 있는 무왕은 너무나 광오한 태도였다.

"여자는 미끼였다. 작은 물고기를 움직여서 큰 물고기로 꾀어내는 것. 깊은 곳에 사는 메기를 낚을 때처럼 말이야."

"아아."

그래서 나도 물고기라는 거군?

처음부터 이 순간을 노리고 판을 짰다는 말이었지만, 나는 조용히 웃었다.

하지만 놈의 목소리는 늦게 가라앉았다.

"이제 내가 네놈을 거둘 것이다. 이 손으로 직접……."

쿵.

낯설고도 기이한 진동이 피부에까지 와 닿았다.

그리고 연달아서 떠오르는 시스템 메시지들.

　[알림 : 히든 스탯 '신성'이 반응합니다!]

　[정보 : 새로운 계가 열리고 있습니다. 미지와의 충돌에 대비해야 합니다.]

나도 느끼고 있었다.

히카리의 눈알에서 피어난 꽃이 툭 불거지면서 크게 개화했다.

그러자 신인류가 다루는 미증유의 힘이 본격적으로 경파를 일으켰다.

만들어진 것은 시커먼 틈.

틈은 이내 좌우로 갈라지며 넓어졌다.

"오, 오빠! 뭔가가! 뭔가 나타나고 있어!"

이제는 신우 역시 감지하고 있었다.

알 수 없는 무언가가 '막'을 찢으며 이쪽으로 넘어오고 있었던 것이다.

콰드득!

길쭉한 팔뚝이 불쑥 튀어나왔다.

분명 무왕의 것이겠지.

내가 한 발짝 앞으로 나간 것은 바로 그 순간이었다.

"메기를 잡으려고 하다가 메기에 씹힐 수도 있다는 것은 왜 모를까?"

나는 틈을 비집고 나오는 놈의 팔목을 덥석 붙잡았다.

그리고 마력을 전개하기 시작했다.

"맛있게 먹어 드릴게."

"……이놈!"

위험을 느꼈는지 틈 너머의 무왕은 팔을 비틀면서 거꾸로 나를 움켜잡으려 했다.

하지만 나는 그 손놀림쯤은 가볍게 쳐 내고 휘어잡으면서 대응할 수 있었다.

'긴꼬리원숭이들이 유술 하나는 기가 막히게 했거든.'

동시에 계속해서 마력을 움직여 흐름에 개입했다.

그러자 저 너머의 무왕이 확실히 당황하는 것이 느껴졌다.

놈도 알아차린 것이다.

마법이 '거꾸로' 움직이고 있다는 것.

　　[경고 : 불완전한 스킬 '피의 관문'이 폭주합니다!]

진행되던 마법이 오작동을 일으킨 순간.

콰직!

벌어져 있던 틈새가 거칠게 닫히면서 붉은 피가 튀어올랐다.

거짓말처럼 뚝 떨어져 나온 팔뚝.

내가 그것을 주워들자, 시스템 메시지가 번쩍 떠올랐다.

　　[알림 : 정체불명의 에너지를 사냥했습니다. '거신의 조각'이 힘

을 흡수했습니다.]

[보상 : 신성 스탯이 5만큼 올랐습니다!]

무색무취의 에너지가 주욱 빨려들어왔다.

세상에, 5포인트라니.

"……하하."

웃음이 절로 나왔다.

라미아 게이트에서 쥐 대가리를 잡아서 에너지를 흡수했
을 때, 내가 얻은 신성은 고작 3에 불과했다.

올노운을 공격하고 헌드레드에게 붙잡힌 삼두인 역시 딱
3만큼의 신성을 안겨 주었다.

그런데 무왕의 팔뚝 하나로 5포인트를 벌었다.

'그럼 이놈의 본체를 잡아서 족치면 어떻게 된다는 거야?'

적어도 20포인트라는 결론이었다.

과연 간부는 뭐가 달라도 다르군.

나는 만약을 위해 몇 걸음 물러서서 다시 입을 열었다.

"아프냐? 나도 아프다."

"……."

"말이 없네? 전송 채널만 닫혔지, 통신 채널까지 닫힌 건
아닐 텐데?"

"어떻게 한 거냐, 백수현."

무왕의 목소리가 깊게 가라앉아 있었다.

심각해진 놈의 태도에 피식 웃음이 나왔다.

"물고기가 어쩌고 메기가 어쩌고 하더니, 팔 하나 잘리니까 이름을 불러 주네? 황송하기도 해라."

"……."

내가 깐족거리자 무왕은 대꾸하지 않았다.

'계를 비틀어서 관문을 여는 마법?'

나에게는 낯선 것이 아니었다.

게이트 내외를 오가는 기술이라면, 오히려 몇 가지 불완전함을 파악할 수 있을 만큼 잘 알고 있는 기술이었다.

'철만 아저씨가 창안한 탈출 기술과 원리가 똑같았으니까.'

그것은 지금 나의 에어바이크에 장착된 게이트 탈출 장치에서 사용하는 마법 원리와 같은 원리였다.

나는 철만 아저씨의 작업실에서 장치의 설계도까지 보았기에 그 작동 구조를 정확하게 파악하고 있었다.

'놈들의 방식에 비효율적인 부분이 있다는 것을 지적할 수 있을 정도로 잘 알고 있지.'

하지만 이러한 사실을 밝힐 필요는 없었다.

나는 그저 빙긋 웃어 줬다.

"내가 원래 뭐든 잘해."

"뭐든 잘한다? 헛소리 하지 마라. 관문을 만드는 것은 우리에게도 새로운 기술이다. 그런데 네놈이 어떻게……?"

"그거야 내 알 바 아니지. 너희 예언자의 참혹한 마법 재능을 탓해야 하지 않을까?"

그러자 무왕의 목소리가 실소를 지었다.

"네놈도 다 아는 것은 아닌 모양이군. 이것은 예언자님께 서 만드신 마법이 아니다. 그저 '발굴'하셨을 뿐."

'발굴이라고?'

듣는 순간 머릿속에 스쳐 가는 이야기가 있었다.

'모뉴먼트!'

의미를 알 수 없는 언어가 새겨진 거대한 돌.

지구에서 최초로 발견된 게이트 옆에 서 있었던 거대 비석 에 대한 내용이 떠오른 것이다.

부산 게이트의 해저 작업실에서 철만 아저씨에게 들었던 이야기였다.

—어디서도 본 적 없는 구조물이 씨서펀트 게이트 옆에서 발견되었다는 거야. 크기는 거의 63빌딩만 하고.

—더 신기한 건 어떻게 해도 손상이 되지 않더란다. 상상 이 되냐?

—차원 역류와 함께 사라져 버렸다고 하는데 사진 자료는 남아 있다고 하더라.

거대한 비석에 빼곡하게 쓰여 있는 글자들.

신인류가 사용하는 기술들과 그 모뉴먼트에 새겨진 수수

께끼 문자가 서로 연관이 있을지도 모르겠다.

'존 메이든과 미국 측이 관련 정보를 전부 은폐하고 있는 상황이라고 들었지만, 신인류가 정보를 손에 넣는 것도 불가능한 일은 아냐.'

미국의 고위 헌터들 중 한 사람이라도 신인류에 가담하고 있다면 충분히 가능할 것이다.

예상치 못하게 입수한 정보에 내가 입을 다물자 무왕의 목소리가 음산한 웃음소리를 냈다.

"갑자기 말이 없어졌군."

"생각할 게 좀 있어서."

"발굴했다고 하니 뭔가 짚이는 구석이라도 있는 모양이지?"

"글쎄."

"마음껏 들쑤셔 보아라. 네놈이 무엇을 알고 있든 대세를 막을 수는 없을 터."

"좋은 자신감인데…… 조금 아껴 두는 건 어때? 금방 소진될 거 같아서 그래."

"오늘 나에게 일격을 가했다고 해서 네놈이 뭔가를 해냈다고 생각한다면 큰 착각이라는 말이다."

"아까 팔 잘린 사람은 따로 있나? 거기 무왕이 한 사람 더 있나 봐?"

내가 빈정거린 그 순간.

츳—!

옅은 마력의 경파가 짧고 빠르게 터져 나왔다.

나 역시 재빨리 퓨리 에너지를 끌어 올리며 방어와 반격의 준비를 갖추었다.

하지만 무왕은 다시 공간을 찢고 나올 생각은 없는 듯했다.

"자, 보아라. 네놈이 아무것도 이루지 못했다는 것을."

꽃의 혓바닥을 통해서 목소리만 주고받던 상태를 한 단계 끌어 올려서.

끔뻑거리던 눈동자로부터 입체 영상을 뿜어내며 자신의 모습을 전부 드러낸 것이다.

그렇게 영상 통화 비슷한 것이 시작되자 나는 내심 헛웃음을 짓고 말았다.

'팔이 멀쩡하잖아?'

아까 분명히 내가 잘라 냈음에도 불구하고, 무왕의 두 팔은 멀쩡하게 어깨에 매달려 있었다.

아직도 저 바닥에 팔뚝이 굴러다니고 있는데도 말이다.

트롤을 뛰어넘는 가공할 수준의 회복력이라고 할 수밖에 없었다.

"신인류의 힘을 자랑하기라도 하는 건가?"

"자랑이라면 자랑이라고 할 수 있을 것이다. 우린 말 그대로 '뉴타입'이니까. 현생 인류를 지배할 개체로서 뛰어난 힘을 갖추었음은 지극히 당연한 일이다."

현생 인류를 지배할 뉴타입이라…….

그 말을 듣는 나는 입술을 비틀며 웃음을 참기 위해 애를 쓰고 있었다.

'그게 아니라 신성 스탯을 채워 줄 뉴타입 호구인 것 같은데.'

황금알을 낳는 거위를 만난 기분이 이럴 듯했다.

방금 팔을 잘랐는데 그게 재생이 됐다니!

'화수분이 따로 없네! 다음에 만나면 또 팔 하나만 자르고 놓친 척 풀어 줘?'

사람을 상대로 품기에는 끔찍한 생각일 것이다.

하지만 이 신인류라는 놈들이 하는 짓거리에 비하면 별것도 아니었다.

놈은 제 추종자인 히카리의 육체를 다 망가뜨리면서 나타났음에도 불구하고 복수 따위는 조금도 논하지 않았다.

오로지 나를 꾀어낼 미끼로만 취급했을 뿐이다.

'뭐? 메기와 미끼 물고기라고? 사악한 놈들.'

그러니 나도 수단 방법 가리지 않고 상대해 줄 것이다.

"백수현. 네놈이 한국 조사단에서 특무조를 지휘한다는 것은 알고 있다. 그리고 네놈이 우리의 뒤를 쫓고 있다는 것 역시 알고 있다."

협박하듯 운을 뗀 무왕.

그러나 놈의 모습은 서서히 흩어지고 있었다.

"우리는 이미 올노운의 경우를 통해서 한국의 클랜들에게 경고를 보냈다. 많은 헌터들이 우리의 힘에 두려움과 경외를 가지기 시작했다."

나도 알고 있는 내용이었다.

아마 지금도 적지 않은 헌터들이 신인류 측으로 가담하는 것을 고려하고 있을 것이다.

'어쩌면 클랜 단위에서 이뤄지고 있는 고민일지도 모르지.'

그만큼 신인류가 선보이는 신기술은 지구의 헌터들에게 특별하고도 공포스러운 것이었다.

"……그런데 네놈은 전혀 우리를 두려워하지 않는군. 어째서일까? 이런 경우를 두고 한국에서는 간이 배 바깥으로 나왔다는 표현을 쓰던데, 그런 것인가?"

나는 대꾸하지 않았다.

관문을 열지 못하고 본체를 내밀 수 없게 되자, 놈은 나와의 전투를 포기했다.

더는 할 말도 없었고 이야기하고 싶지도 않았다.

그보다는…….

'마력의 파장을 역추적하는 것에 집중해야지.'

나는 가만히 입을 다문 채 힘이 흐르는 방향을 읽어 내기 위해서 노력하고 있었다.

마치 범죄자의 전화를 역추적해서 위치를 잡아내는 조사관처럼 말이다.

하지만.

"쓸모없는 짓이다!"

파지지직-!

무왕이 사납게 소리치며 팔을 내젓자 마력 파장에 노이즈가 끼어들었다.

내가 무엇을 하려는지 알아채고 추적을 방해한 것이다.

그 여파로 인해 입체 영상은 완전히 사라져 버렸다.

'칫, 중국 어딘가라는 것까지는 확인했는데.'

아쉽게도 꼬리가 끊기면서 중국 내의 어느 지역인지는 밝혀내지 못했다.

내가 혀를 차는 사이, 무왕의 목소리는 희미하게 흩어지고 있었다.

"기다려라, 백수현. 네놈의 나라, 클랜, 동료, 가족, 연인까지……. 모조리 찢어발겨 주겠다. 크흐흐흐……."

같잖은 협박을 남긴 무왕은 완전히 사라져 버렸다.

멀찍이서 상황을 지켜보던 신우가 다가왔다.

"오빠, 날 찢어발기겠다는데?"

"영화 누나를 찢어발기겠대. 완전 개자식이야."

"못 들은 척하지 말고."

"내가 뭘 못 들었지?"

"쳇."

"꼬우면 너도 남친 만들든가."

그러자 녀석은 픽 웃으며 한마디를 던졌다.

"속으로 내 걱정 하는 거 다 알아, 바보 같은 오빠."

'……귀신같은 녀석.'

걱정이 되지 않는다면 거짓말일 것이다.

신우가 아무리 마력을 회복했다고는 해도, 하루아침에 무적이 될 수는 없었으니까.

신우뿐만이 아니다.

'이코, 철만 아저씨, 블랙핑거 클랜원들, 겨울 공주, 헌드레드…….'

사실상 나와 올노운에게 협력하고 있는 모두가 위험에 처해 있다고 할 수 있었다.

무진 그룹의 클랜 하우스가 공격당한 것에서 볼 수 있듯, 그 누구도 안전을 장담할 수 없었다.

그러니까…….

'더 빨리 힘을 되찾아야 한다.'

야수계에서 이루었던 나의 경지를 되찾는 것.

그리고 신인류라는 것들을 밟아 주면서 이 세계의 게이트들을 폐쇄시키는 것.

이것이 내가 해야 할 일이었다.

"……."

나는 히카리를 흘낏 쳐다보았다.

무왕의 목소리가 사라지고 신인류의 꽃이 시든 뒤, 여헌터는 다시 바닥으로 쓰러진 상태였다.

혹시나 살아 있을까 생각했지만…….

"죽었어. 방금 그 홀로그램 같은 게 뿜어져 나왔을 때 모든 에너지를 다 빼앗긴 것 같아."

생체 반응을 감지하고 있었던 신우가 히카리의 죽음을 확인해 주었다.

'결국 그렇게 되었나.'

애도할 생각은 조금도 들지 않았다.

앞뒤 상황이 어찌 되었든 이 여자는 진재욱을 죽였다.

한국 팀 헌터들의 총지휘관인 나로서는 도저히 용서할 수 없는 인물인 것이다.

'그래도 좀 씁쓸하긴 하네. 신인류에 가담했다가 토사구팽 당한 거나 다름없으니.'

역시 신인류는 사라져야 한다는 사실을 재확인하며 나는 히카리에게 천천히 다가갔다.

그러자 시스템 메시지가 떠올랐다.

[보상 : 신성 스탯이 5만큼 올랐습니다!]

히카리가 남긴 신인류의 꽃으로부터 신성을 흡수한 것이다.

이번에도 5포인트라니.

생각보다 신성을 많이 거둘 수 있었다.

신인류의 꽃.

끔찍하게 생긴 꽃에 응축되어 있던 에너지가 제법 컸기 때문이었다.

이게 대체 뭐길래.

나는 에너지를 다 토해 내고 시커멓게 죽어 버린 꽃의 줄기를 과감하게 움켜잡았다.

그리고 뿌리를 뽑는다는 느낌으로 쭈욱 당겨낸 순간, 뭔가를 깨달았다.

"이건……?"

빛을 잃고 시커멓게 그을린 붉은 반지.

그것이 꽃의 근원에 있었다는 것을 알게 되었다.

보아 하니 이 반지는 히카리의 눈 안쪽에 숨겨져 있다가 타이밍에 맞춰서 발화하는 방식이었던 것 같다.

일종의 씨앗을 품고 있었던 셈.

'힘이 발동되면 눈 하나는 반드시 잃게 된다. 그래서 최후까지 신인류로서 힘을 사용하지 않았던 거였어.'

나는 반지를 집어 든 채 잠시 생각에 잠겼다.

문득 올노운이 떠올랐다.

나에게 블랙 포스를 넘겨주면서까지 신인류의 반지를 나누어 달라고 했던 무진 그룹의 수장.

지금은 병실에 누워 있을 그가 어째서 이 반지에 그토록

집착했는지 궁금해졌다.

　또한 신인류에 대해 품고 있는 그 무거운 적개심까지.

　'한국에 돌아가면 확실히 짚고 넘어가야겠어.'

　반지를 챙긴 나는 몸을 일으켰다.

　방해꾼들이 사라졌으니 모래 미로로 돌아갈 시간이었다.

　[안내 : 현재까지 경과된 시간은 68시간 19분 32초입니다.]

　"타. 꽉 잡고."

　"응!"

　나는 에어바이크에 신우를 태우고 3구획의 시작 부분으로
달리기 시작했다.

4구획의 뉴비

시간이 지체되었나?

어찌 보면 그럴지도 모른다.

1구획에서 달성한 3위라는 성적이 무색하게도, 나는 2구획에서 모든 미니 게이트를 공략하느라 20위 안에도 들지 못했다.

게다가 3구획에서는 제대로 시작도 하지 못하고 일본 팀과 혈전부터 치렀으니…….

'일분일초가 아까운 상황에서 큰 손해를 봤다고 할 수도 있겠지.'

하지만 나는 급하게 움직이지 않았다.

오히려 조바심을 내는 것은 신우 쪽이었다.

"오빠, 괜히 뒤로 돌아가는 거 아냐? 나 혼자서 갈 수 있는데. 지금이라도 내려 줘!"

계속 종알거리는 여동생.

기왕 코스 안쪽으로 들어왔으니 시작점으로 돌아가는 시간이라도 아끼라는 말이었다.

하지만 나는 고개를 저었다.

"상황이 바뀌었으니까 대응을 해야 할 것 아냐."

"응? 무슨 상황이 바뀌었는데?"

"입이 늘었잖아. 그것도 열 사람 넘게. 상황 정리 해 줘야지."

"그게 무슨……? 아얏!"

"생각 안 해 봤냐? 하여튼 빙신우."

"……."

등 뒤에 타고 있으니 표정은 보이지 않았다.

하지만 멋쩍은 표정을 하고 있을 것이 뻔했다.

내 이야기의 의미를 뒤늦게 깨달은 것이다.

'진재욱을 필두로 하던 한국2팀.'

충격적인 사건으로 인해 헌터들은 한 순간에 리더를 잃고 말았다.

그것은 어쩔 수 없이 모두 내 휘하로 돌아올 수밖에 없게 되었음을 의미했다.

이 사실은 헌터들 사이의 상황이 무척 애매한 지경에 처했음을 뜻하기도 했다.

"뭐야. 한국2팀은 2구획을 건너뛰었잖아? 그럼 중립 구역으로 돌아가야 하는 건가?"

"그렇겠지. 하지만 그보다도 큰 문제가 있어."

"뭔데?"

"그놈들이 내 지휘에 순순히 따라올까?"

"음······."

한국2팀은 진재욱의 팀이었다.

즉, 나에게 반기를 들기 위해서 결성된 반동들.

본의 아니게 구심점을 잃은 그들의 태도가 협조적일 것인지는 나도 확신할 수 없었다.

물론 심각하게까지 생각할 문제는 아니었다.

"만약에 안 따라오면 어떡해?"

"버리고 가는 거지. 굳이 미련을 가질 필요는 없다고 본다."

"하긴 그건 그러네."

"여기만 지나면 도착이야. 준비해."

"뭘?"

"말 안 듣는 놈들 뒤통수를 후려서 데리고 갈지, 아니면 깔끔하게 쓰레기통에 버리고 갈지 결정할 준비."

"······알았어."

나는 에어바이크를 왼쪽으로 기울이며 코너를 통과했다.

그리고 스로틀을 힘껏 당기면서 속도를 올린 순간.

"음?"

"엥?"

우리는 예상치 못한 광경을 마주하게 되었다.

엉망진창으로 망가진 한국2팀의 헌터들이 여기저기에 걸레짝처럼 널려 있었다.

그리고 피투성이가 된 곽승우, 이규란, 송대욱, 도승아가 눈을 치켜뜬 채로 가쁜 숨을 몰아쉬고 있었다.

이미 크게 한판 대결을 벌인 사람들의 모습.

"아! 백수현 마스터!"

석형우 기자가 나를 향해 손을 흔들고 있었다.

"……솔직히 저도 헌터들이 그렇게 극단적으로 나올 줄은 몰랐습니다. 허허허!"

나는 석형우를 뒷자리에 앉히고서 다시 스로틀을 당기고 있었다.

우리가 도착했을 때는 이미 상황이 끝나 있었기에 더 손댈 것도 없었다.

그 덕분에 동생에게 뒷수습을 맡기고 곧바로 3구획 공략을 시작할 수 있었다.

'특무조 사이의 내분'이라는 자극적인 소재를 포착해서인지 석형우는 무척이나 기분이 좋아 보였다.

"2팀은 백수현 마스터가 은양성 측에게 굴복할 거라고 예상한 겁니다. 그래서 미리 서열 정리를 시도한 건데, 오히려 거꾸로 박살이 난 거죠! 크하핫!"

"……."

"이야, 저도 진재욱 헌터가 아웃됐으니까 전력이 약화되었을 거라고 예상하긴 했습니다. 근데 솔직히 그렇게 압도적으로 짓눌릴 줄은 몰랐습니다!"

"……."

"다들 2구획 5코스에서 골든 런을 했다고 들었습니다. 역시나 성장 폭이 어마어마하군요. 백수현 마스터가 계셨다면 일본 팀과 정면으로 대결하는 것도 충분히 가능했겠는데요?"

"……."

기자는 열심히 떠들어 댔지만 나는 아무런 대답도 하지 않았다. 그러자 그는 내 눈치를 보는 듯 잠시 침묵하더니, 조심스럽게 본론을 꺼내 들었다.

"그런데 일본 팀과는 어떻게 되셨습니까? 히카리 헌터는 중립 구역으로 돌아갔나요?"

나는 간단히 대답했다.

"사살했습니다."

"……예?"

"제가 진재욱 헌터의 죽음을 되갚아 줬다는 말입니다."

"……!"

곧 그 현장이 눈앞에 펼쳐졌다.

모래 지옥 주변에 일본인 헌터들이 널려 있는 광경을 본 석형우의 입이 쩌억 벌어졌다.

"이, 이게 무슨!"

내가 에어바이크를 세우지도 않았건만 그는 날듯이 뛰어 내려서 현장으로 달려갔다. 그리고 시체들을 살펴보더니 나에게 고함을 질러 대기 시작했다.

"미, 미쳤습니까! 전부 다 죽여 버리면 어쩌자는 겁니까!"

"안 미쳤습니다. 핏값을 받은 게 이상한 겁니까?"

"과해도 너무 과한 핏값입니다! 진재욱 헌터 한 사람 죽은 것과는 차원이 다른 이야기잖습니까!"

"어째서 말입니까?"

"백수현 마스터, 정말 몰라서 이러십니까? 일본에서 은양성이라는 클랜이 가지는 위상은 우리나라의 무진 그룹 이상입니다! 말 그대로 국민적인 지지를 받는 1위 클랜이란 말입니다!"

"그게 무슨 상관입니까?"

"미치겠네! 그런 클랜의 소속 헌터들을 몰살시켰으니 이 뒷감당을 어떻게 하실 거냐고 묻는 것 아닙니까!"

"뒷감당……."

"특히 히카리 헌터는 은양성에서도 중요한 유망주로 평가받고 있습니다! 게이트의 아이돌이라는 말까지 나오는 마당인데 이렇게나 참혹하게……!"

여헌터의 시체를 보며 얼이 빠진 표정을 짓고 있던 석형우.

기자는 나에게 경고하듯이 말했다.

"분명히 엄청난 파장을 몰고 올 겁니다. 일본 측 클랜들이 당신의 목에다 현상금을 걸지도 모릅니다. 저쪽에서 진재욱 헌터를 먼저 살해한 것은 사실이지만, 이건 너무 과했습니다!"

"흠."

나는 턱짓으로 바닥 한 구석을 가리키며 질문했다.

"석 기자님, 저게 뭔지 아십니까?"

"……?"

"신인류의 아티팩트입니다. 일종의 안테나처럼 기능하면서 게이트 안팎으로 통신을 할 수 있게 도와주지요."

관문을 열어 사람이 오갈 수도 있다는 말은 뺐다.

직접 보지 않고는 믿기 어려울 테니까.

그러자 석형우는 당황한 얼굴로 그것을 살펴보더니 나에게 되물었다.

"시, 신인류의 아티팩트요? 그게 정말입니까?"

"그리고 히카리는 신인류의 조직원이었습니다."

"히카리 헌터가……!"

"그래서 혈투를 치르지 않고는 지나갈 수가 없는 상황이었습니다. 그래도 조치가 과했다고 하신다면 할 말이 없겠네요."

잠시 눈을 끔뻑거리던 석형우의 눈빛이 번쩍였다.

"그 말씀, 어떻게 입증하실 수 있습니까? 제가 무턱대고 믿을 수 없는 이야기 아닙니까?"

입증이라…….

나는 아공간에서 신인류의 반지를 꺼내서 보여 주었다.

그러자 기자는 미간을 찌푸렸다.

"백수현 마스터, 그걸로는 부족합니다. 신인류라는 괴조직이 그 반지를 이용한다는 사실이야 올노운 마스터도 공언하고 있는 부분입니다만, 히카리 헌터에게서 그 반지가 나왔다는 것은 증명할 수 없지 않습니까?"

"……."

반지를 넣어 둔 나는 피식 웃었다.

그리고 석형우에게 간단히 말해 주었다.

"기자님, 제가 지금 기자님에게 증명받으려고 하는 걸로 보이십니까? 저한테 그게 필요할까요?"

"예?"

'좀 더 풀어서 설명해야겠군.'

나는 오토바이의 스로틀을 가볍게 감아서 석형우가 있는 곳을 지나쳤다. 그리고 모래 지옥을 등진 채 다시 입을 열었다.

"배신자일지언정 휘하의 헌터가 목이 잘려 살해당했습니

다. 그리고 여동생이 납치당했고요."

"그건……."

"여기 와 보니 저에게 은양성의 일원이 되라고 하더군요. 싫다고 했더니 살인멸구를 시도했습니다. 그래서 싸우다 보니 히카리가 신인류라는 것을 알았습니다."

"그러니까 그 증거가……!"

"증거는 없습니다. 그런 것까지 생각하며 싸울 수는 없었고. 증거를 남길 수 없으니까 살려 둬야겠다고 선택할 수 있는 상황도 아니었습니다."

"아니, 그래도!"

"……당신은 전쟁이 만만한가?"

말이 짧아지는 것과 동시에 툭 튀어나온 질문이었다.

"……."

그러자 입을 꾹 다물며 침묵에 잠기는 석형우.

눈앞의 남자는 나에게 두려움이 가득 담긴 시선을 보내오고 있었다.

보름달 여우의 권능을 통해서 전해져 오는 생각은 이러했다.

　－설마 나까지 죽이려는 건 아니겠지?

　살인멸구라…….

상당히 흥미로운 선택지였지만 그럴 생각은 없었다.

적어도 아직까지는 그랬다.

나는 조용히 말을 이어 갔다.

"싸워야 하니까 싸웠고, 싸우다 보니 죽였다. 그게 다야. 난 당신에게 믿어 달라고 하는 게 아니야. 단지 설명했을 뿐이지. 내 이야기를 받아들일지 말지는 당신이 정하는 거고. 못 믿는다고 해서 더 설득할 생각은 없어."

"그럼 내가 그 이야기를 받아들이지 않고 지면을 통해서 의혹을 제기하면 어떻게 되는 겁니까?"

그러니까 일본 편을 들 수도 있으시다?

나는 피식 웃었다.

"맘대로 해. 난 상관없으니까."

"사, 상관없다고요?"

"어차피 결과는 똑같을걸. 어차피 일본에서는 히카리가 신인류라는 이야기를 절대로 받아들이지 않을 거다. 당신 말대로 증거가 부족하니까."

"……!"

"신인류 조직이 막후에서 움직이고 있다면 더더욱 그렇겠지. 그러니 당신이 내 편을 들든 말든 대세에는 아무런 상관이 없어. 증거는 게이트 바깥의 상식과 법률이 제대로 작동하는 곳에서나 필요한 거지. 여기는 아냐."

다시 말해서, 애초부터 그런 걸 따질 필요가 없는 상황이었다.

"으음."

내 이야기를 알아들었는지 석형우는 무거운 침음을 흘리며 생각에 잠겼다.

머리가 좋은 양반이니 아마 눈치챘을 것이다.

'나에게 뭔가를 요구하거나 거래를 걸 만한 입장이 아니라는 것.'

그리고 본인의 역할이 무엇인지도 알아차렸을 것이라고 생각한다.

"……그렇군요."

천천히 고개를 끄덕이는 석형우.

남자의 눈길이 히카리의 시체가 있는 곳으로 향했다.

작은 한숨을 내쉬더니 성큼성큼 다가가서 그 옷깃을 휘어잡는 것이었다.

"백수현 마스터, 방금 저는 아무것도 못 들은 것으로 하겠습니다. 이 시체도 보지 못했고 말입니다."

획!

히카리의 몸뚱이가 모래 지옥으로 떨어졌다.

순식간에 여헌터를 먹어치운 모래 지옥은 아무 일도 없었다는 듯이 다시 흘러갔다.

"후우우……."

모래 지옥으로 시체를 던진 석형우는 착잡한 눈빛이었다.

하지만 혼란스러워 보이지는 않았다.

오히려 이게 맞다는 듯이 미세하게 고개를 끄덕이고 있었다.

나는 팔짱을 끼우며 픽 웃었다.

"신인류에 대해서도 보도하지 않겠다는 건가? 특종일 텐데, 아깝지 않나?"

"아뇨, 이게 제 목숨을 구한 거나 다름없습니다."

"그래?"

"방금 마스터의 말이 사실이라면 저도 무사하기 힘들 테니까요."

그래, 그것도 하나의 이유가 되겠지.

석형우는 한숨을 내쉬었다.

"일본도 무서운데 신인류라니……. 허약한 기자 하나쯤 묻어 버리는 거야 손바닥 뒤집는 것보다 쉽지 않겠습니까? 자체적으로 엠바고 걸었다고 생각하겠습니다."

"엠바고. 그럴싸하네."

내가 무왕과 직접 대면했다는 이야기는 내 쪽에서 엠바고를 걸어 둬야겠다.

어쨌거나 그렇게 마음을 고쳐먹은 석형우는 지금의 상황을 간단하게 정리해 주었다.

"일본 팀은 공략 중 큰 사고를 당해 전원 사망했다고 기사를 내겠습니다. 설왕설래가 있겠지만 저한테 다 맡기십시오.

이 분야는 제가 전문가입니다."

"······그럼 믿어 보겠습니다."

내 말투가 다시 바뀌자 남자가 작게 웃었다.

나는 석형우를 태우고 모래 지옥을 넘어서 다시 질주하기 시작했다.

그리고 3구획이 끝났을 때.

[알림 : 참가자 'beast.C'의 3구획 통과 기록은 15시간 3분 2초 입니다.]

[알림 : 참가자 'Reporter_Woo'의 3구획 통과 기록은 15시간 3분 3초입니다.]

[알림 : 새로운 1위가 등장했습니다!]

[알림 : 새로운 2위가 등장했습니다!]

나와 석형우는 나란히 1위와 2위를 기록했다.

"내, 내가 역대 2위라고?"

"갑시다. 마지막 구획으로."

"······근데 딱 1시간만 쉬면 안 되겠습니까?"

"안 돼."

"제발 30분만!"

"하."

〈3구획 기록〉

[1위 : beast.C(15시간 3분 2초)]*새로운 기록!

[2위 : Reporter_Woo(15시간 3분 3초)]*새로운 기록!

[3위 : allknown(30시간 10분 58초)]

[4위 : John(31시간 59분 11초)]

[……]

"저기, 백수현 마스터? 그, 소감이라도 한 말씀……."

"뭐요? 내가 뭘 잘못 들은 것 같은데."

"아, 예. 잘못 들으신 것 맞습니다. 죄송합니다. 제가 그만 실언을……."

석형우가 기자답지 않게 얌전히 꼬리를 내리자 상대는 킬킬 웃어 댔다.

"소감이라……. 흠, 그냥 어서 4구획까지 끝내고 집에 가서 자고 싶다고 해 두겠습니다. 모래 미로가 끝난 것도 아니잖습니까? 3구획은 3구획일 뿐이죠."

모처럼 에어바이크에서 내려와서 중립 구역에 누워 있던 최원호.

그 역시 누적된 피로과 졸음 속에서 살짝 정신을 놓아 버린 상태였다.

짐승 같은 누렁비

그럼에도 미로 공략에 대한 집중력은 잃지 않았다.

"그럼 4구획은 어떻게 공략하실 겁니까?"

"3구획보다 지독하게."

"예······."

가공할 정신력에 석형우는 오금이 저리는 기분마저 느껴야만 했다.

허세 부리지 말라고 할 수도 없었다.

이 집념을 통해 만들어진 성과를 직접 봤으니까.

3구획의 역대 1위.

눈앞의 남자가 최고 수준의 신인이라는 것은 이미 봐서 알고 있었지만, 상식을 넘어섰다는 느낌이었다.

에어바이크를 탄 최원호는 단 한 번도 망설이지 않고 미로를 주파했다.

감각의 혼란?

'그게 작동하긴 한 건가?'

최원호는 아무렇지 않게 질주했다.

그가 야수의 권능을 사용한다는 사실을 알지 못하는 석형우로서는 마법조차 쓰지 않는 것으로 보였기에 당혹을 넘어서 공포마저 느낄 지경이었다.

그 결과가 이것이었다.

'미친. 올노운의 기록을 반으로 접어 버리다니. 아무리 봐도 실감이 안 나는군.'

3구획을 가장 빨리 통과한 올노운도 꼬박 30시간을 썼고, 세계 최강의 헌터라고 불리는 존 메이든도 32시간 가까이 걸렸다.

이 30시간의 벽을 넘어서는 것은 불가능하다는 것이 최상위권 헌터들의 평가였다.

그런데 최원호는 고작 15시간 만에 코스를 주파하는 기염을 토했다.

공략 과정을 가장 가까이에서 지켜본 석형우는 과연 이 성과를 기사로 쓸 수 있을지 걱정이 되기도 했다.

'독자들이 믿어 줄까? 지금까지 봐 왔던 게 다 말이 안 되는 거였지만, 이게 제일 말이 안 되는 부분인데.'

하늘 바깥에 또 하늘이 있다는 말은 이럴 때 쓰는 말일 것이다.

그만큼 최원호의 성적은 압도적인 수준을 넘어서 사기적인 영역에 도달한 기록이었다.

앞서 일본 팀으로부터 방해를 받으면서도 조금도 동요하지 않던 태도 역시 비로소 이해가 되었다.

'2구획에서 모든 미니 게이트를 공략하는 여유도 부릴 수 있었던 거였고.'

실력과 집념으로 전부 만회할 수 있었던 것이다.

괴물처럼.

"석 기자님, 이제 가시죠."

"벌써요?"

"벌써라뇨? 기자님 때문에 30분이나 쉰 겁니다."

"예……."

석형우는 온몸이 부서질 듯한 피로감을 느끼면서도 몸을 일으킬 수밖에 없었다.

하지만 그러면서도 최원호에게서 시선을 떼지 않고 있었다.

분명한 가능성은 그에 상응하는 큰 기대를 자아내는 법이 었으니까.

'정말 스코어보드 1위를 차지할지도 모른다.'

지금까지의 추세로 볼 때, 10위권 안에 들어가는 것은 이미 기정사실이었다.

이제는 누구의 순위를 빼앗을 것인지 지켜봐야 하는 시점.

미국의 존 메이든, 한국의 올노운, 터키의 카라바크, 프랑스의 나디아, 호주의 넌크리드, 일본의 텐류, 중국의 레이황.

일곱 명의 최강자가 SR급이었던 시절, 자신들의 찬란한 미래를 예언하듯 아로새긴 이름들이었다.

이 명단의 가장 상단에 자신의 이름을 새롭게 새긴다는 것.

마력을 각성하여 헌터가 된 사람이라면 누구든 바라마지 않는 영광의 순간일 것이다.

'각국 정부에서 대형 신인들을 추리고 추려서 이집트에 파견했지만, 그 누구도 해내지 못한 업적이기도 하고.'

그 위업에 도전하는 모습을 보고 있노라니 자연스럽게 떠오르는 질문이 있었다.

"백수현 마스터, 인간 맞으십니까?"

"또 내가 뭘 잘못 들은 것 같은데."

"이번엔 제대로 들으셨습니다. 솔직히 말이 안 되지 않습니까? 입장을 바꿔서 생각해 보십시오."

"뭘요."

"명색이 '영원 모래 미로'입니다. 그런데 단 한차례도 헤매지 않고 공략을 진행한다? 영원 모래 미로가 아니라 제주도 미로 공원에서도 그렇게는 못할 겁니다. 이걸 저나 다른 사람들이 어떻게 이해할 수 있겠습니까?"

"……."

"뭐, 비결이나 진실을 이야기해 달라고 요구할 생각은 없습니다. 하지만 언젠가는 밝혀낼 겁니다. 마스터의 진짜 정체가 무엇인지 말입니다."

"진짜 정체?"

그 말에 최원호는 푸하하 웃음을 터트리며 스로틀을 당겼다.

자신이 한때 이스케이프 클랜에 몸담았던 헌터였다는 것.

그리고 차원 역류에 휘말려 야수계라는 이계에 떨어졌다가 지구로 돌아왔다는 것.

'그래, 머잖아 다들 알게 되겠지.'

마지막 구획이 시작되었다.

[알림 : 4구획이 시작됩니다.]

[알림 : 선지정된 5코스에 입장합니다.]

[안내 : 현기증에 주의하십시오.]

꿀걱.

석형우는 마른침을 삼키면서 안내 메시지 뒤로 다가오는 거대한 빛을 바라보고 있었다.

'과연 어떤 코스가 주어질까?'

4구획의 테마는 '환상'이다.

앞에 있는 세 개의 구획이 복잡한 구조와 이미 설치되어 있는 위험 요소를 통해 헌터들을 시험하는 방식이었다면.

'4구획은 정해진 형태가 없고, 참가자에게 맞춤식으로 1회 용 환경이 만들어지는 인스턴스 방식.'

그리고 지금과 같이 두 명 이상의 헌터가 같은 코스에 함 께 진입한 경우, 가장 레벨이 높은 참가자를 기준으로 삼아 서 코스가 결정된다.

'게이트 연구자들이 연구한 바에 따르면, 참가자가 가진 전투 경험에 따라 코스 환경이 만들어진다고 했지.'

즉, 공략대의 최강자가 경험한 전투의 기억들이 이곳의 환경을 결정하게 되는 것이다.

그러니 이 4구획 5코스에서는 백수현이 가지고 있는 전투 경험이 구체화되며 무대가 만들어지게 될 터.

석형우는 내심 기대하는 중이었다.

'존 메이든은 콜로세움, 올노운은 도산검림의 지옥을 만났다고 하던데. 백수현 마스터는 과연……?'

자신을 철저하게 숨기고 있는 특급 신인이었지만, 여기서 그의 일면을 엿볼 수도 있을지도 모를 일이었다.

슈우우우욱!

짙은 광채를 통과한 두 사람의 몸이 어딘가에 안착했다.

그리고 다음 순간, 석형우는 발밑이 푹 꺼지는 것을 느꼈다.

"……으악!"

별안간 아래로 곤두박질을 친 것이다.

당황한 그는 당장 뭐라도 붙잡기 위해서 미친 듯이 팔을 휘저었으나…….

풍덩.

속절없이 물에 빠지고 말았다.

단숨에 머리끝까지 잠겨 버렸다.

그리고 입안으로 들이치는 찜찔함에 석형우는 황급히 수영을 시작했다.

일단 수면으로 올라가서 상황을 파악하고 백수현 마스터와 작전을 짜서 움직여야겠다는 생각이었다.

'어딘가 섬이 있겠지! 거기서 시작하면 돼!'

석형우는 그렇게 생각하며 열심히 팔다리를 움직였다.

방금 물에 들어왔으니까 너댓 번만 자맥질을 하면 수면에 닿을 수 있으리라고 생각했다.

하지만 그 예상은 완전히 빗나갔다.

'뭐야? 이게 대체 뭐야!'

너댓 번이 아니라, 수십 번 팔다리를 휘둘렀음에도 불구하고 수면에 닿을 수 없었던 것이다.

'설마 지금 착용하고 있는 장비가 무거워서?'

아니었다.

석형우는 게이트 내부 취재원이었기에 거창한 방어구나 무기를 장비하고 있지도 않았다.

심지어 허리에 차고 있던 장검을 아공간에 넣어 봤지만 달라지는 것은 아무것도 없었다.

"읍! 으읍!"

그의 발아래로 아득한 미궁처럼 펼쳐진 심해는 게걸스러운 괴물처럼 그를 먹어치우고 있었다.

한차례 반항조차 하지 못한 채 저 깊은 어둠 속으로 속수무책 끌려 들어갈 수밖에 없었던 것이다.

무력감과 공포에 머릿속이 하얗게 되어 가던 그 순간.

석형우의 머리를 스치는 생각이 있었다.

'백수현! 백수현 마스터는 어디 있지?'

그는 황급히 고개를 돌려 동행의 모습을 찾았다.

그리고 곧 눈을 의심할 수밖에 없었다.

부글부글부글…….

제법 멀리 떨어진 곳에 있었던 그는 아무렇지 않은 표정으로 헤엄을 치고 있었다.

그것도 저 아래를 향해서 말이다.

산소통도 메지 않았으면서 바다의 깊은 곳으로 거침없이 나아가는 중이었다.

'어딜 가는 거지? 심해에서 익사당할 생각인가?'

그러다가 눈이 마주쳤다.

상대는 석형우를 향해 짧게 손짓했다.

다행스럽게도 헌터들의 수신호를 알고 있었던 석형우는 그 의미를 이해할 수 있었다.

-따라와.

'따라오라고?'

설마 같이 죽자는 이야기는 아니겠지?

석형우가 망설이자, 최원호는 재차 손짓을 보냈다.

-믿는다면 따라와.

'……뭘?'

본인을 믿고 따라오라는 말일까?

최원호의 말을 다 이해할 수는 없었으나 석형우는 따라가기로 결정했다.

어차피 이판사판이었다.

아무리 해도 수면으로는 올라갈 수가 없었으니, 최원호를 따라가는 것 말고는 다른 선택지가 없었다.

석형우는 열심히 팔다리를 움직여 그 뒤를 따르기 시작했다.

이제 서서히 숨이 가빠오고 있었지만 뭔가 방법이 있으리라고 생각했다.

하지만 바로 그 순간.

"……?"

부지런히 움직이던 석형우의 팔다리가 멈췄다.

깊은 물속에서 이상한 것을 봤기 때문이다.

'저게 뭐야? 내가 지금 뭘 본 거지?'

실루엣이었다.

칠흑처럼 보이는 심해 안쪽에서 어떤 거대한 생물의 그림자가 움직이고 있었다.

유선형의 몸통과 긴 꼬리, 아름답게 뻗은 목과 두 쌍의 날개, 그리고 황금빛으로 형형하게 번쩍이고 있는 네 개의 눈동자.

"…….."

달리 표현할 말이 없었다.

자연 재해과도 같은 생명체가 서서히 상승과 유영을 반복하며 이쪽으로 다가오고 있었다.

'드래곤이다. 드래곤이야!'

거대한 존재감을 느낀 석형우의 몸은 사시나무 떨듯 흔들리기 시작했다.

손끝 하나 움직일 수 없는 기분이었다.

단순한 공포가 아니었다.

　　[알림 : 특별한 효과 '영혼의 패퇴'가 적용됩니다.]
　　[정보 : 정신적 균형이 무너진 여파로 인해 마력 체계의 작동이 정지됩니다.]

항거 따위는 상상조차 할 수 없도록, 석형우는 존재의 열세를 느꼈다.

오로지 도망쳐야겠다는 생각이 그의 영혼을 지배한 탓이었다.

"꺽! 끄흐르륵!"

석형우는 입안으로 물이 들어오는 것도 잊은 채로 팔다리를 마구 휘젓기 시작했다.

수면으로 부상할 수 없다는 사실마저 망각하고.

그저 조금이라도 저 심해의 드래곤으로부터 멀어지겠다는 필사의 몸부림이었다.

'결국 그렇게 됐나?'

슬쩍 고개를 돌려서 석형우의 상태를 살핀 최원호는 속으로 한숨을 내쉬었다.

'자신을 믿으라고 했는데, 역시 그걸론 부족했나?'

……어쩔 수 없지.

석형우를 죽게 내버려 둘 순 없었다.

최원호는 그를 향해서 권능을 쏘아 보낼 채비를 갖췄다.

'이 배제의 바다에서는 생명력이 온전한 상태로 나갈 수 없어.'

그러니까 다쳐야 한다.

그것도 꽤 많이.

[권능 : '저격수 물총고기의 혀'.]

푸욱!

최원호의 손끝에서 쏘아진 마력 탄환이 석형우의 가슴팍을 깊숙하게 파고들었다.

"……!"

부글부글부글─!

갑자기 아군에게 폐부를 관통당한 남자는 눈을 부릅뜨며 공기 방울들을 와르르 뱉어냈다.

공포와 아픔 속에서 어리둥절한 표정을 짓고 있었다.

하지만 이내 자신의 몸이 떠오르고 있다는 사실을 알아차렸다.

'좀 지루하긴 하겠지만 시간 잘 때워 보세요.'

미련 없이 돌아선 최원호는 다시 아래를 향해 잠영하기 시
작했다.

자신보다 수백 배는 큰 심해의 드래곤을 향해, 천천히……

하지만 쉬지 않고 헤엄쳐 갔다.

그러자 응답이 돌아왔다.

〈꽤 오래간만이군.〉

"오래간만?"

그 말에 최원호가 의문을 품은 순간.

콰우우우우─!

네 개의 눈을 번쩍 뜬 드래곤으로부터 장대한 마력이 쏟아
져 나오기 시작했다.

"쿨럭! 쿨럭!"

한참이나 피거품을 토해 내던 석형우.

그는 자신이 수면 위에 있다는 것을 깨닫고 아공간에서 치
료 포션을 꺼내서 입으로 가져갔다.

벌컥, 벌컥, 벌컥.

단숨에 포션을 비워 버린 그는 가쁜 숨을 몰아쉬면서 주변을 둘러보았다.

"섬, 섬은 어디 있지?"

안타깝게도 석형우가 찾는 것은 보이지 않았다.

수면 위로 올라왔음에도 오로지 망망대해밖에는 보이는 것이 없었다.

마치 태평양 한복판에 둥실둥실 떠 있는 것처럼 말이다.

"후우, 후우."

조금씩이나마 호흡이 돌아오면서 석형우의 아까의 상황을 복기할 수 있게 되었다.

돌덩이라도 된 것처럼 계속해서 가라앉는 몸.

심해 속에서 나타난 드래곤의 실루엣.

그리고 갑자기 손을 들어서 마법으로 자신을 공격한 백수현까지.

"대체 뭐가 뭔지……."

한 가지 분명한 사실은 백수현에게 공격당한 이후로 몸이 수면을 향해서 떠올랐다는 것이다.

마치 가득 채우고 있던 물탱크를 비워 낸 잠수함이 수상으로 부상하는 것처럼 말이다.

'그럼 피를 흘리면 물 위로 뜰 수 있다는 건가?'

정확하게는 모르겠다.

사실 지금 석형우가 확실하게 알고 있는 것은 하나밖에 없었다.

머릿속을 지배하고 있는 생각.

자신이 저 바다 밑에서 '용'을 보았다는 것이었다.

'드래곤이라니.'

잠시 다른 몬스터를 착각했을까 싶기도 했으나, 이내 그럴 수가 없다는 결론에 도달했다.

순식간에 온몸을 옥죄는 어마어마한 존재감은 착각할 수가 없는 증거와도 같았다.

영원히 잊을 수 없도록 영혼에 새겨진 문신과도 같은 기억.

생각의 흐름은 자연스럽게 이러한 질문에 도달했다.

'백수현 마스터는 대체 뭐지?'

4구획의 테마는 '환상'.

참가자가 가진 전투 경험에 따라서 코스의 환경이 만들어진다는 곳이었다.

그렇다면 아까 본 것 역시 백수현의 경험을 토대로 만들어진 환경이라는 건데…….

'그럼 드래곤과 전투를 치러 본 적이 있다는 거야?'

앞뒤 상황으로 보자면 그래야만 했다.

"……."

이 4구획의 테마가 그러했고, 앞선 헌터들의 경험담과 연구자들의 연구 결론 또한 같은 이야기를 하고 있었다.

하지만 도저히 받아들이기가 힘들었다.

드래곤이었으니까.

'그 존재를 대면하는 것 자체가 특별한 일이잖아.'

석형우는 한국에서 드래곤 레이드를 경험한 사람이 김서옥 청장밖에 없다는 것을 알고 있었다.

심지어 올노운조차도 드래곤을 사냥한 경험은 없었다.

실력이 부족해서가 아니라, 드래곤이 그만큼 희귀하고 특별한 몬스터이기 때문이었다.

'생각할수록 이상하군.'

가슴의 상처를 꾹욱 누르며 석형우는 생각에 잠겼다.

1999년, 최초의 게이트 '대왕 씨서펀트의 심해'가 모습을 드러낸 뒤.

지구에는 셀 수 없을 정도로 많은 게이트들이 나타나고 사라지기를 반복했다.

개중에는 반복해서 등장하는 저난도 게이트도 있었고, 그 누구의 공략도 허락할 수 없다는 것처럼 미친 난이도로 헌터들을 학살하는 게이트도 있었다.

'하지만 드래곤이 등장한 게이트는 딱 세 군데뿐.'

2001년, 알프스의 마테호른산에서 열린 '얼음 백룡의 둥지'.

2009년, 카자흐스탄의 발하슈 호수에 나타난 '잠자는 거룡의 은신처'.

2015년, 미국 서부의 데스 밸리에서 발견된 '미성숙한 골드 드래곤의 사냥터'까지.

모두 EX급 게이트로서 세븐 스타즈나 그에 준하는 세계 최정상급 헌터들이 총집결하여 신중하게 공략을 진행했던 게이트들이었다.

그 이후로 드래곤이 발견된 경우는 없었다.

'그런데 대체 어디서 드래곤을 경험했다는 거야? 꿈에서?'

아니면 어디 외계에서 경험하고 오기라도 했다는 건가?

"허허허."

자신의 터무니없는 상상에 석형우는 헛웃음을 짓고 말았다.

그는 멍하니 생각했다.

'그냥 생각을 포기하자. 어차피 백수현 마스터는 내 상상의 범주를 초월한 지 오래됐으니까. 별로 이상할 것도 없어.'

1구획부터 그가 했던 짓을 생각해 보면 드래곤도 충분히 이해할 수 있다는 괴상한 생각마저 들었다.

그렇게 최원호에 대해 생각하기를 포기한 석형우는 다음 문제를 고민하기 시작했다.

"그럼 이제 난 어쩐담?"

바로 자신의 문제였다.

4구획까지 다 왔는데 마지막에 미끄러졌다.

하지만 석형우에게 이 코스를 혼자서 공략할 능력은 없었다.

그는 여기까지 업혀서 온 프리 라이더였고, 본인도 그 사실을 아주 알고 있었다.

"흐음, 뒤로 돌아갈 수도 없고……."

망망대해 위에 둥둥 뜬 채로 고민하던 석형우.

'설마 이대로 게이트가 끝날 때까지 버텨야 한다는 건가?'

그것밖에는 다른 해결책이 떠오르지 않는다.

"이런 미친."

참혹한 결론에 그는 실성한 사람처럼 껄껄껄 웃기 시작했다.

이 '영원 모래 미로' 게이트의 진행 시간은 총 28일이었다.

그런데 최원호가 미친 듯이 속도를 내서 달려온 결과, 흘러간 시간은 고작 나흘 남짓에 불과했다.

3구획까지 오면서 두 사람이 사기적인 성적을 기록한 만큼 너무나 많은 시간이 남아 있었던 것이다.

"젠장, 모르겠다."

석형우는 자포자기하는 심정으로 눈을 감았다.

어차피 도망칠 수도 없고 반항할 수도 없는 천혜의 감옥에 갇힌 격이다.

다행스럽게도 아공간에 식량과 식수는 충분했다.

그러니 일단은 그간 못 잤던 잠이나 실컷 채우고 보자는 생각이었다.

드래곤이 불러낸 위대한 마력의 흐름이 사방의 바닷물을

밀어내고 있었다.

그리고 어디선가 지면을 끌어 올렸다.

심지어 숨을 쉴 수 있는 공기까지.

마치 마력으로 만든 투명한 돔 안으로 들어온 것 같았다.

그리고 이쪽을 바라보는 네 개의 용안(龍顔).

나는 입을 열었다.

"벤테시오그, 설마 날 기억해?"

그러자 드래곤은 대답했다.

〈그래. 오랜만이군, 최원호. 나의 바다에 돌아온 것을 환영한다.〉

"세상에."

나는 입을 딱 벌리고 말았다.

'벤테시오그가 날 기억하고 있다니.'

이게 가능한 일인가?

우리는 지구가 아닌 야수계에서 만나서 싸운 사이였다.

정확히 말하자면 EX급 게이트의 최종 보스와 공략대장으로서 마주했던 사이.

무려 보름 넘게 밤낮으로 싸우면서, 서로에 대해 무척이나 잘 알게 된 호적수와도 같은 관계였다.

'대체 어떻게 된 거지?'

게이트에서 만난 고위급 존재들이 나에게 대해 뭔가 알고 있는 경우는 종종 있었다.

창덕궁 게이트의 좀비 군주, 용인 호수 게이트의 라미아 여왕이 그랬듯이 말이다.

하지만 이 드래곤은……

〈놀란 모양이군. 전에는 보지 못한 표정을 짓는구나. 제법 귀여워. 후후후후.〉

아예 내가 누구였는지를 알고 있었다.

게다가 심히 여유롭기까지 했다.

순간 떠오른 생각.

'아! 혹시 이게 4구획이 만든 환상이라서? 그래서 나를 알아보는 설정이 붙은 건가?'

그래, 차라리 이게 그럴 듯했다.

'침착하자. 어디까지나 게이트 몬스터야.'

나도 드래곤이 특별한 존재라는 것은 부정하지 않는다.

이들 종족의 위대함은 이른바 '초월자'에 가까운 정도였으므로, 단순히 몬스터라고 부르는 것은 어색하기도 했다.

하지만 게이트의 법칙에 꽁꽁 묶여 있다는 것은 마찬가지다.

은청색으로 번쩍이는 이 드래곤 또한 다르지 않았다.

'벤테시오그.'

저 네 개의 용안을 처음 마주했을 때가 생각난다.

EX급 게이트 '대해룡의 범람해.'

지금 4구획이 재현한 이 바다에서 나는 놈을 상대로 고전을 면치 못했다. 기백의 수인 헌터들을 희생시키기도 했다.

그렇기에 내 머릿속에 이 게이트의 경험은 악몽으로 남아 있었고……

영원 모래 미로의 4구획은 그 트라우마를 고스란히 뽑아내서 실체화시킨 것이었다.

그러니까 나와 석형우를 집어삼킨 이 바다와 눈앞에 등장한 드래곤은 4구획의 환상에 불과했다.

그래야만 했다.

하지만 벤테시오그는 파안대소를 터트리며 말했다.

〈환상은 본질의 반영이다. 그대라면 알고 있을 터인데?〉

환상과 본질?

그게 뭐 어쨌다는 거지?

〈그대의 얼굴을 향해서 촛불을 하나 든다면 그대의 등 뒤로는 긴 그림자가 생길 것이다. 촛불이 비추고 있는 한, 본질과 환상은 불가분의 관계지.〉

"그 말은……."

순간 나는 무언가를 깨닫고 입을 다물었다.

그러자 벤테시오그는 고개를 끄덕였다.

〈그렇다. 게이트가 바로 촛불이다. 그리고 우리는 위대한 격의 소유자로서 그림자에 작게나마 혼을 실어 보내고 있다.〉

"……!"

세상에, 그럼 정말로 날 기억하는 그 드래곤이라는 말인가.

이 벤테시오그는 모래 미로의 환상을 통해 나타난 존재인 동시에, 나와 밤낮으로 싸워댔던 바로 그 드래곤이기도 했다.

'차원을 넘어왔다고 해야 하나?'

쉽게 설명할 수 없는 복잡한 상황.

그리고 더욱 형언하기 힘들 만큼 놀라운 사건이기도 했다.

"난 너와 이렇게 재회하게 될 줄은 꿈에도 몰랐어."

〈그런가? 나는 그대가 자신의 야망을 이야기할 때 이런 순간이 올 것이라고 짐작하였다. 그대는 그럴 만한 재능과 의지를 갖추고 있었으니까.〉

"과찬이군."

〈몹시 만나고 싶었던 옛 친구에 대한 우리의 객관적인 평가라고 해 두겠다.〉

'……우리?'

잠시 그 눈동자들을 바라보던 나는 주변을 돌아보며 질문했다.

"벤테시오그, 아까 전부터 우리라고 하던데. 여기 또 누가 있기라도 해?"

그러자 드래곤의 입가가 히죽 웃음을 짓는 것이었다.

〈잊고 있는 모양이군. 나의 파트너가 그대의 숙적이라는 것을.〉

"음?"

투명한 돔 바깥에서 회오리가 일어나기 시작한 것은 바로 그때였다.

문득 오래된 기억이 떠올랐다.

무한히 범람하는 바다를 지배하는 대해룡, 벤테시오그의 파트너······.

'물의 정령왕, 에쿠르!'

이런 젠장!

영 좋지 못한 추억의 엄습에, 나는 황급히 검을 뽑으면서 물러나려 했다.

하지만 그보다도 습격이 빨랐다.

〈최-원-호오오오!〉

"……!"

바닷속에서 번개처럼 나타난 여자가 나를 향해서 그대로 뛰어든 것이다.

무시무시한 기세로 쏘아져 오는 거대한 삼지창.

'미친!'

장담컨대 지구로 귀환한 이래로 마주한 공격 중에서 가장 무자비한 것임이 틀림없다.

나는 손 안으로 마력을 불어넣는 것과 함께 해청의 모양을 변화시켰다.

-오오! 새로운 형태!

녀석을 창처럼 길게 뽑아내어 삼지창에다 엮는 식으로 공격의 진로를 막아 세우려 했다.

동시에 철견의 파동 흡수를 최대치까지 전개했다.

우우우웅- 카강!

날카로운 쇳소리와 함께 해청과 삼지창이 한데 엉켰다.

분명 기세를 감쇄했음에도 불구하고 충격은 묵직하게 나를 밀어붙였다.

그러고도 밀고 들어오는 힘에 서너 걸음을 더 물러서야만 했다.

해청 역시 깜짝 놀란 기색이었다.

-주, 주인? 이거 힘이 너무……!

'조금만 더 버텨!'

-알았어!

카가가각!

나는 있는 힘을 다해서 여자의 돌진을 견디며 눈을 부릅떴다.

엮여 있는 창과 검을 사이에 둔 얼굴들이 당장 닿을 것처럼 가까워졌다.

'……젠장.'

물의 정령들을 다스리는 여왕, 에쿠르.

그녀는 나를 향해 미친개처럼 으르렁거리고 있었다.

〈감히! 감히! 날 버리고 도망을 쳐? 한낱 필멸자 따위가 이 몸을 능멸한 것이냐?〉

"버리다니, 대체 내가 언제 널 가졌다고 그래?"

〈내가 전부 다 줬잖아! 내 모든 걸 너에게 주었단 말이다! 그런데 그렇게 가 버렸으니, 버린 게 아니고 무엇이란 말이냐!〉

"돌아 버리겠네. 누가 들으면 내가 널 꼬셔서 가지고 놀다가 도망치기라도 한 줄 알겠다!"

〈틀린 말은 아니지! 넌 나를 가지고 놀았어!〉

"하······."
나는 입을 꾹 다물었다.
어거지에 대꾸할 말도 없었거니와, 사실은 아까 전부터 머릿속이 새하얗게 변한 상태였다.
속이 끓으면서 분노마저 느끼고 있었다.

[알림 : 특성 '야성'이 반응하고 있습니다.]
[안내 : 퓨리 에너지가 충전되고 있습니다.]

그건 정령왕의 발언 때문이 아니었다.
이미 들어 볼 만큼 들어 본 헛소리였다.
'하지만 에쿠르가 취하고 있는 저 얼굴!'
그녀가 내 머릿속에서 훔쳐 내서 모방하고 있는 그 외모가 나의 감정과 이성을 동시에 뒤흔들고 있었다.
나는 한숨을 내쉬며 경고했다.
"그 얼굴, 따라 하지 마."

〈싫은데?〉

"3초 준다. 바꿔."

〈거절한다!〉

"왜."

〈나도 네 사랑을 받을 것이다! 네 기억 속에 있는 '영하 누나'가 되어 너를 독차지할 것이다!〉

그 말에 나는 마력을 터트릴 수밖에 없었다.

❧

에쿠르가 나에게 애정 공세를 퍼붓던 이유는 간단했다.
'내가 강했으니까.'
여왕은 야수계에서 최강자로 군림하던 나를 흥미로워했다.
상위 존재라면 모두 나를 흥미로워했을 만큼 나는 강했다.
모든 게이트를 공략하고 폐쇄했으며, 저 위대한 드래곤들과도 정면으로 대결할 수 있었다.
내가 가지고 있던 수백 개의 칭호들이 그 증거였다.

그중에는 이런 것도 있었다.

정령왕의 대적자.

다름 아닌 에쿠르와 치고받고 싸우면서 얻은 칭호였다.

그리고 지금, 그 칭호의 효과가 나에게 돌아왔다.

　[알림 : 칭호 '정령왕의 대적자'가 복구됩니다!]

　[정보 : 정령과 전투를 치를 때 +25%의 파괴력 보정을 부여합니다.]

모든 마력을 쥐어짜 내 마법을 쏟아부은 덕분이었다.

저 '물'이라는 자연 속성의 카운터펀치인 전기 타입 공격 마법.

　[알림 : 특성 '마도'가 반응하고 있습니다.]

　[스킬 : '일렉트릭 펄스'.]

파지지지직—!

마치 번개로 만들어진 은백색 폭풍 속에 들어온 것 같은 풍경이었다.

사방에서 일어난 전자기파가 한 점으로 집중되고 있었다.

목표는 당연히 에쿠르였다.

나는 영하 누나의 얼굴을 훔쳐서 사용하고 있는 건방진 정령왕을 향해서 모든 마법을 쏟아부었다.

"당장 얼굴 바꾸라고!"

〈흥!〉

하지만 정령왕은 한 손을 들어 올리는 것만으로 내 마법을
간단히 튕겨 냈다.

그렇다면 다시 한 번 더!

콰지지지직—!

[알림 : 마력이 부족합니다.]

[알림 : 지나친 마력 활용으로 인해 마력 회로가 과열되고 있습
니다!]

나는 경고 메시지에도 아랑곳하지 않고 일렉트릭 펄스를
최대치까지 펼쳤다.

한 번이라도 격중되면 정령왕을 그대로 태워 버리겠다는
생각으로 위력을 한계까지 끌어 올렸다.

하지만 이번에는 에쿠르의 손끝조차 움직이지 않았다.

픽.

물의 정령왕은 그저 미간을 구기는 것만으로 내 마법을 간
단히 상쇄시켰다.

그리고 그녀는 핀트가 조금 다른 분노를 토해 냈다.

〈이딴 장난은 집어치워!〉

"……."

'그게 장난처럼 보였나?'

유감스럽게도 내 입장에서는 전혀 장난이 아니었다.

일렉트릭 펄스를 극성까지 사용하느라 마력이 텅 비어 버릴 정도였다.

아마 어지간한 물 속성 마법사라면 단숨에 튀겨 버릴 수 있었을 일격이었다.

'젠장, 정말 진심을 다한 공격이었는데.'

〈최원호! 나한테 집중하란 말이야!〉

감히 눈으로 쫓을 수도 없을 만큼 빠른 삼지창의 쇄도.

쾅!

-으악!

해청의 칼날이 튕겨져 나가고 나 역시 실이 끊어진 인형처럼 힘없이 나가떨어지고 말았다.

피 맛으로 입안이 썼다.

철견을 두른 팔을 교차시켜서 막아 내기 했지만 충격은 어마어마했다.

나는 내심 한숨을 내쉬었다.

'역시 아직은 턱도 없는 모양이군.'

냉철하게 판단하자면, 지금의 나는 정령왕의 대적자가 될 수 없었다.

야수계에서 에쿠르와 처음 맞붙었던 당시 내 레벨은 240을 넘은 상태였다.

지금보다 5배 강력한 근접 전투력과 10배는 더 뛰어난 마법 파괴력으로 물의 정령왕을 압도할 수 있었던 것이다.

하지만 지금은?

'정말 턱없이 모자라는 수준이지.'

아직 그 시절의 절반조차 되찾지 못한 상황이었으니, 정령왕의 적수로서 부족할 수밖에 없었다.

객관적으로 따지면 지금은 에쿠르에게 덤비지 않고 적당히 비위나 맞춰 주는 것이 옳은 판단이었다.

하지만 도저히 화를 누르고 있을 수가 없었다.

애초에 불가능한 일이었다.

'저 얼굴을 보고 참아?'

안될 말이었다.

에쿠르가 영하 누나의 얼굴을 가지고 노는 것을 참을 수가 없었다.

시선을 마주칠 때마다 퓨리 에너지가 팍팍 치솟을 정도

였다.

세 개의 권능을 동시에 사용하고 있었는데 그 상태를 고스란히 유지할 수 있을 만큼 격렬한 분노.

"당장 바꿔!"

〈그렇게 꼴 보기 싫으면 한 대 쳐 보든가〉

물론 알고 있다.

에쿠르와 영하 누나는 별개의 존재라는 것을.

특히 잔뜩 일그러진 저 표정은 절대로 누나의 것이 아니었다.

누나는 단 한 번도 나에게 저런 난폭한 표정 따위 지은 적이 없었다.

하지만 이목구비 하나하나에서 그녀가 떠오르는 것은 어쩔 수가 없었다.

그리움과 미안함, 약간의 원망까지.

지금껏 꾹 눌러 놨던 복잡한 감정들에 기름을 뿌리고 불을 붙인 것처럼 활활 타오르는 듯했다.

분석이고 판단이고 따지고 있을 겨를이 없었다.

에쿠르가 얼굴을 바꿀 때까지 두들겨 패야겠다는 생각뿐이었다.

그러니까……

'전격계 마법으로 덫을 파고, 고등 권능을 극한으로 사용해서 한 방을 노려야겠어.'

딱 한 방만 먹여 주면 된다.

만약 이것도 통하지 않으면 최후의 수단으로 감춰 두었던 '그 힘'을 사용할 생각이었다.

츠츠츠…….

재빨리 모든 권능을 회수한 나는 한 차원 높은 권능을 전개하기 시작했다.

유광명과 대결할 때 사용했던 검치호의 힘.

[권능 : '설원 검치호의 사냥술'.]

콰드득.

순간 손끝에서 발톱이 길쭉하게 솟구쳤다.

그리고 팔다리 역시 핏줄이 불거지고 힘줄이 튀어나오면서 새로운 활력을 부여했다.

드래곤이 만들어 낸 땅의 조각을 지르밟아서 부러뜨릴 수 있을 것 같은 힘.

나는 불완전하게나마 한 마리 검치호가 되어 에쿠르를 향해 돌진했다.

저 얼굴에 손을 댈 생각만큼은 도저히 들지 않지만…….

'팔다리는 하나씩 날려 줄 수 있지!'

그리고 나의 이런 공격적인 태도에 에쿠르는 기뻐하면서
도 분노했다.

〈그래! 이거야! 이래야 내 남자지! 그러니까 죽여 버리겠어!〉

저 미친.
"나야말로 내 여자의 얼굴을 가진 널 죽여 버리고 싶거든!"
정신 나간 감정의 격돌이 일어나려 하던 그 순간, 드래곤
이 끼어들었다.
콰아앙!
강철 같은 꼬리를 휘둘러 땅을 후려치고.

〈둘 다 그마아아안-!〉

귀가 먹먹해지는 고함 속에다 드래곤 피어를 섞어서 내질
렀다.
나와 정령왕은 그것을 무시하지 못하고 나란히 동작을 멈
출 수밖에 없었다.
이어지는 벤테시오그의 협박.

〈최원호. 그대에게는 게이트의 미션이 있을 터인데? 그리고 파
트너. 정령계로 돌아가고 싶은가?〉

〈아, 아니! 난……!〉

〈나는 그대가 최원호를 보고 싶다고 간청하기에 소환했을 뿐, 그를 공격해 달라고 부른 것이 아니다. 내 의지를 무시한다면 즉시 역소환하겠다. 숙지하도록.〉

〈…….〉

그 엄중한 경고가 주효했기 때문이다.

물의 정령왕은 그대로 꿀 먹은 벙어리가 되었고, 검치호의 권능을 해제한 나는 벤테시오그를 향해 말했다.

"저 얼굴부터 바꾸라고 해 줘. 친구로서 부탁이야."

〈그대가 그렇게까지 말한다면야. 파트너, 특별한 사유가 없다면 그 생김새를 변경하라.〉

〈싫은데.〉

〈당장 역소환되고 싶은가? 내 계약자로서는 영원히 최원호를 만나지 못하게 될 것이다.〉

〈……칫.〉

그제야 영하 누나의 얼굴이 사라졌다.

나에게 아스라한 추억을 자아내는 인간의 얼굴이 아니라, 비현실적인 아름다움을 자랑하는 정령 여왕의 이목구비.

화려하고 고혹한 테라르나와는 다르게, 마치 얼음을 깎아서 만든 여신의 조각상과 같은 느낌이었다.

어쨌거나 원하는 바를 이룬 나는 피식 웃을 수 있었다.

"그래, 그래야지."

그러자 에쿠르는 얼굴을 붉히며 투덜거렸다.

〈제기랄. 그 반응! 마음에 들면서도 마음에 들지 않아! 도대체 그
'영하 누나'라는 인간을 얼마나 사랑하기에……!〉

"그만. 시끄러워. 역소환당하기 싫으면 제발 입 좀 다물어."

〈오, 그래! 날 역소환하고 싶으면 네가 내 계약자가 되는 방법도
있어! 어때?〉

"……정말 호시탐탐 날 노리는군."

나와 에쿠르를 가만히 지켜보던 벤테시오그가 후후 웃으
며 입을 열었다.

〈싸우지 않으니 한결 좋구나. 이제 본론으로 들어갈 수 있겠어.〉

벤테시오그의 본론.

그것은 당연히 이 4구획 5코스의 진행을 말하는 것이었다.

나는 나를 바라보는 용안들을 향해서 눈을 가늘게 떴다.

"벤테시오그, 설마 너를 꺾어야 하는 건가? 하지만 내가 기억하는 4구획에서는 훨씬 더⋯⋯."

그러자 드래곤은 고개를 저었다.

〈이곳의 내가 본질을 반영하는 그림자로서 존재하고 있다고는 하나, 지금의 그대는 나의 적수가 되지 못한다. 그리고 내게 맡겨진 역할은 '최종 보스'가 아니라 '감독관'이다.〉

"감독관⋯⋯? 뭘 감독한다는 거야?"

〈나는 이 게이트에서 그대가 자신의 한계를 직접 시험하는 것을 감독할 것이다. 그러니 시련은 그대가 원하는 만큼만 부과될 것이다.〉

내가 원하는 만큼의 시련이라⋯⋯.

"그걸 어떻게 기준을 삼고 시련을 부과한다는 거지? 뭐, 게이트 등급을 말해야 하나?"

〈아니, 그대가 원하는 시간을 말하라. 그러면 합당한 시련이 준비될 것이다. 시간이 길어질수록 시련은 어려워질 것이다.〉

"흐음."

벤테시오그의 설명을 들은 나는 가만히 생각에 잠겼다.

우선 이런 식으로 4구획이 진행되는 것을 경험해 본 적이 없었다.

올노운은 자신이 레벨 70 무렵에 공략했던 A등급 게이트 '시간을 잊은 도산검림'이 그대로 재현되었다고 인터뷰했고.

헌드레드는 죽을 위기를 겪었던 B등급 게이트 '유혹하는 마녀들의 식당'을 다시 공략했다고 했다.

즉, 자신들에게 트라우마를 안겨 준 게이트를 다시 경험하는 방식이었던 것이다.

그런데 나는 이런 식으로 준다고?

이건 짚고 넘어가지 않을 수 없는 문제였다.

"어째 나만 특별 취급이지? 게이트의 법칙과 어긋나는 것 아닌가?"

그러자 벤테시오그는 간단히 설명했다.

〈이 게이트가 그대에 대해 알고 있기 때문이다. 그러니 특별히 취급될 수밖에.〉

그건 내가 차원을 넘어왔음을 인지하고 있다는 건가?

아니면, 신성 스탯?

조금 더 물어보고 싶었지만 벤테시오그는 고개를 저었다.

〈내가 감독관으로서 해 줄 수 있는 이야기는 여기까지다. 이제

시련에 참가하라. 최원호.〉

더 이상 정보를 공개할 수는 없단 말이지.
내가 천천히 고개를 끄덕이자 에쿠르가 종알거렸다.

〈좋겠네! 짧은 시련을 받고 얼른 게이트를 떠나면 되잖아?〉

"……."

〈벤! 가장 짧게 하면 어떻게 돼? 저 녀석 이미 많이 지친 것 같은
데 대충 오우거 몇 마리만 던져 주면 안 돼? 어서 빨리 내보내 버리
자고!〉

에쿠르의 속내가 너무나 투명하게 보여서 나는 그만 피식
웃고 말았다.

〈왜 웃지?〉

"내가 게이트에서 고생하는 게 싫은 모양이지?"

〈응? 그, 그런 거 아니거든!〉

"그래? 아니야? 그럼 아닌 걸로 알고 있을게."

〈사실 맞아……〉

그럼 아까는 왜 삼지창을 휘두르면서 날 몰아붙인 걸까?
정말이지 알다가도 모를 일이었다.

어찌 되었거나 나는 에쿠르의 말대로 할 생각은 추호도 없
었다.

'시련의 크기과 보상의 크기는 비례한다. 지금 여기서도
경험치를 얻을 수 있는데 짧은 시련을 달라고 하는 건 손해
를 보는 짓이야.'

그리고 바로 여기에 내 딜레마가 있기도 했다.

모래 미로의 종합 성적을 고려하면 4구획도 최대한 빨리
끝내는 것이 유리했다.

1위를 탈환했을 때 주어지는 '상대 업적 보상'이야 존 메이
든의 기록에서 1초만 빨리 들어오면 받아 낼 수 있지만.

정해진 커트라인 안으로 들어와야만 얻을 수 있는 '절대
업적 보상'의 경우에는, 그 존 메이든의 성적을 뛰어넘어야
만 수령할 수 있었다.

'그러니까 여기서 시간을 너무 짧게 쓰는 것도, 너무 길게
쓰는 것도 좋지 않아.'

하지만 나에게는 믿는 구석이 있었다.

바로 이 '5555 로열 로드'를 선택하면서 얻은 칭호 '미치광이 도전자'의 효과.

　　[안내 : 게이트를 통과하는 경우, 매우 큰 성적 보너스가 주어집니다.]

　　그러니 기록을 더 단축시킬 수 있다는 것까지 염두에 두어야만 했다.
　　거기에 5코스에만 적용되는 시간 압축 현상의 비율까지.
　　'계산이 무지 복잡하네.'
　　머릿속으로 계산기를 열심히 두들기는 나를 향해서 벤테시오그의 거대한 주둥이가 다시 열렸다.

　　〈최원호, 지금도 시간은 흐르고 있다. 서둘러 결정하라.〉

　　"알았어. 너무 재촉하지 마."
　　현재까지 경과된 시간과 내가 목표로 하는 시간.
　　그리고 단축 효과까지 계산했을 때.
　　"……5일 12시간 45분."
　　그것이 내 스스로 정한 마지막 시련의 기간이었다.
　　그러자 벤테시오그가 작게 웃었다.

〈한계점이로군. 그대는 그대가 수행할 수 있는 최고난도의 시련을 선택한 것이다.〉

"맞아."

〈그럼 건승을 빌겠다, 친우여.〉

드래곤이 뒤로 물러나면서 날개를 길게 펼쳤다.

그러자 광풍이 몰아닥쳤다.

위대한 마력과 드래곤의 존재감을 머금은 해풍.

그 안에서 나는 무거운 어둠이 내려앉는 것을 느낄 수 있었다.

그리고 어디에선가 낯익은 목소리가 들려왔다.

"아들, 왜 이렇게 늦게 다녀?"

환상 속의 뉴비 (1)

"아들, 왜 이렇게 늦게 다녀?"

나는 잠시 귀를 의심했다.

어둠 속에서 갑자기 흘러나온 '아들'이라는 단어도 그렇지만, 무엇보다 그 목소리 때문이었다.

어쩐지 심장이 덜컥 내려앉는 기분이었다.

'이게 어디서 들어 본 목소리지?'

나는 내가 무엇을 하고 있는지도 잠시 잊고, 멍하니 깊은 생각에 빠졌다.

그러자 해청이 목소리를 높였다.

-주인! 정신 차려!

삼지창과 부딪친 뒤 땅바닥을 굴러다니고 있던 녀석은 스스로 해방 기능을 전개해서 나에게 휘리릭 날아왔다.

그 검신을 받아 든 나는 놀라서 숨을 들이킬 수밖에 없었다.

"너, 칼날에 균열이······?"

-응. 아까 정령왕의 힘을 버티기가 힘들었어. 그래도 부러지진 않을 거야. 너무 걱정하지 마.

"······."

해청의 검신 위로 생긴 거미줄 같은 균열. 언뜻 보기에는 녀석의 말마따나 별것 아닌 실금처럼 보이기도 했다. 하지만 나는 경험을 통해 그것이 아니라는 사실을 알고 있었다.

'이건 엄청난 대미지를 입었다는 뜻이야.'

수혼검은 내부에 균열을 일으켜서 맹수의 혼을 담도록 설계되고, 그 영혼의 단단함만큼 내력을 가지게 된다.

그러니까 이 균열은 아까의 격돌로 인해 해청의 영혼체가 타격을 입었음을 의미했다. 또한 녀석이 감당 가능할 수 있는 충격량을 넘어섰다는 뜻이기도 했다.

이건 모두 내가 험하게 다룬 탓이었다.

나는 한숨을 내쉬며 사과했다.

"미안해. 이렇게 될 줄은 몰랐는데."

-응? 아니야. 난 괜찮은데?

"인마. 아닌 게 아니야. 사실은 너도 알잖아? 죽을 뻔했다는 것."

-음, 안 죽었으니까 장땡 아닐까?

"죽었으면 뭔데."

─죽었으면 무기로서의 소임을 다한 거지.

"……무서운 소릴 하는구나."

─원래 내가 좀 무서운 맹수잖아?

곧바로 나오는 실없는 소리에 나는 피식 웃으며, 일단 녀석을 허리가 아니라 아공간 주머니 안에다 넣어 두었다.

해청은 대번에 반발했다.

─뭐 하는 거야! 주인! 나 없이 싸울 수 있어?

하지만 나는 단호하게 말했다.

"응. 신체류 권능 쓰면 돼. 철견이랑 블랙 포스도 있고. 그러니까 넌 가만히 쉬고 있어."

─왜! 나도 싸울 수 있어!

"아니, 아까만큼은 아니겠지만 이번에도 꽤 격렬한 전투가 벌어질 거야. 지금 네 상태로는 절대 감당 못 해."

─아니야!

"설마 여기서 부서지고 싶은 건 아니겠지?"

─……윽.

고집 센 녀석. 밤마다 신우랑 놀더니 동생 녀석을 똑 닮게 된 것 같기도 하다.

어쨌거나 이번에는 검술 없이 헤쳐 나가야 한다는 결론이었다. 기다렸다는 듯이 시스템 메시지가 떠올랐다.

[안내 : 특별한 참가자를 위한 시련이 시작됩니다.]

특별한 참가자, 그러니까 나만을 위한 시련이라는 거지.

VIP 대우에 기뻐해야 할지 울상을 지어야 할지 모르겠다.

어쨌거나…….

'할 수 있어.'

나는 어떤 미션이 떨어지더라도 돌파할 수 있을 것이라고 다짐하며 고개를 들어 어둠을 바라보았다.

'움직이고 있어.'

방금 전까지 나는 분명 벤테시오그가 지배하는 심해의 한복판에 있었다.

드래곤이 어디선가 끄집어낸 땅을 밟고 서 있던 중이었다.

그런데 이젠 아니었다.

스스스스…….

서서히 물러가는 어둠과 함께 전경이 드러났다.

이곳은 도시 한복판이었다. 낯익은 간판들, 시커먼 밤거리, 깜빡거리는 가로등 불빛들까지…….

언덕 위에 서 있는 작고 낡은 아파트를 바라보면서 나는 이곳이 어딘지 깨달았다.

'우리 집이로군.'

바로 나와 신우가 살고 있고, 4년 전에는 친구들과 함께 살았던 그 아파트였다.

익숙하기 그지없는 풍경이었지만…… 조금 이상했다.

'뭔가 다른 것 같은데. 뭐지?'

딱 꼬집어서 말하기 어려웠지만 어딘가 어색한 점이 있었다. 내가 보고 있는 풍경이 미묘하게 다른 것도 있었지만, 다른 무엇보다도 이 시점. 누군가 내 정수리를 꾹 눌러서 시선의 높이를 낮춘 것처럼, 바닥에 가까워진 듯한 느낌이었던 것이다.

"설마……!"

순간 무언가를 깨달은 나는 손바닥을 내려다보았다.

그리고 당혹스러움을 느꼈다.

내 손이 너무 작아져 있었으니까.

무기를 쥐느라 박였던 굳은살도 사라져 있었다.

극한까지 단련되었던 팔뚝도 마찬가지였다.

'어떻게 된 거지?'

무심결에 고개를 돌렸다가 옷가게의 쇼윈도에 비친 내 모습을 발견하고서야 비로소 상황을 알아차렸다.

"……이거, 어릴 때의 기억을 끄집어낸 거구나."

쇼윈도 속 작은 나는 교복을 입고 있었다. 그것도 중학생 시절의 교복. 입학한 지 얼마 되지 않은 듯 어색함이 느껴지는 걸로 봐서 14살, 1학년 때인 듯했다.

'너무 어릴 때인데?'

그리고 착용하고 있던 철견이 보이지 않는다는 점에서 또

한 번 당황스러웠다.

설마 장비 사용 제한까지?

[알림 : 현재 착용한 장비는 외양이 변경되어 있을 뿐, 기능은 정
상적으로 작동합니다.]

아, 다행이다. 뭐가 튀어나올지 모르는 상황에서 익숙하지
않은 몸에다 비무장인 상태로 있는 것은 아무리 나라도 달가
울 수 없는 일이었다.

그럼 시련의 내용은 뭐지?

"……?"

두리번거리며 걸음을 옮기던 나는 이내 우뚝 멈춰 설 수밖
에 없었다.

새까만 아스팔트 위로 새겨진 흰 횡단보도.

그 건너에 정말로 낯익은 남자가 서 있었기 때문이다.

"아들! 왜 이렇게 다니냐고!"

"어, 아, 그…….."

머릿속이 정지했다. 비로소 이 목소리의 정체가 떠올랐다.

"아, 아빠……?"

"그래, 인마! 내가 네 아빠지 할아버지냐?"

껄껄거리며 웃는 남자는 나와 너무 비슷하게 생긴 얼굴이
었다.

나는 아주 오랫동안 이 얼굴을 잊고 살았다.

최욱현. 평범한 R2급 헌터였던 내 아버지.

"학원 갔다 오냐? 밥은 먹고 다니냐?"

"……."

"왜 말이 없어? 저녁 못 먹었어? 아빠랑 라면 먹을까?"

횡단보도에 신호가 들어오자 그는 와글와글 떠들어 대면서 나에게 다가왔다.

모처럼 크게 당황한 나는 무어라 말을 이을 수가 없었다.

아버지는 그게 재밌었는지 으하하 웃음을 터트리며 내 등을 팡팡 때렸다.

"요즘 학원에서 공부를 빡세게 시키는 모양이구먼? 애가 아주 넋이 나간 걸 보니. 학원비 내는 보람이 있어! 역시 대한민국 사교육이야!"

"하하……."

아버지의 생김새는 나 같았고, 그 행동거지는 신우 같았다.

이러니 피는 물보다 진하다는 말이 나오는 모양이다.

나는 빠르게 마음을 가라앉혔다. 마음 깊숙한 곳에 묻어 두었던 아버지를 만난 것은 매우 당황스러운 일이긴 했지만…….

'어차피 4구획이 만든 환상이야. 동요할 필요 없어. 냉정하게 미션에 집중한다.'

아직까지는 그 목표가 무엇인지 등장하지 않았다.

하지만 이대로 나를 환상 속에 가둬 둘 게 아니라면 곧 미션을 던져 주겠지.

'그전에 뭐라도 힌트를 찾아볼까?'

게이트 경험이 아닌 내 어린 시절의 한 장면을 가져온 이유가 있을 것이다.

나는 이 연극에 한 배역을 맡은 것처럼 아버지의 손을 잡으면서 입을 열었다.

"근데 아빠, 오늘이 며칠이에요? 엄마 생신이 얼마 남지 않은 것 같은데."

이 시련의 배경이 된 시간대부터 가늠하기 위해서 던진 질문이었다. 그런데 아버지는 눈을 동그랗게 뜨며 이렇게 말하는 것이었다.

"너 어디 아프냐? 엄마 생일은 어제였잖아? 케이크도 신나게 먹어 놓고선? 그거 아직 다 소화도 안 됐겠다, 인마!"

"……!"

그의 대답에 나는 머리털이 쭈뼛 서는 기분이었다.

내가 교복을 입고 어머니의 생신 축하 케이크을 먹은 것은 딱 한 번에 불과했다.

바로 그다음 날에 '비극'이 벌어졌으니까.

그런데 그게 어제였다고?

"그, 그럼 오늘이 바로……?"

"음? 고양이도 제 말 하면 온다더니 마침 딱 전화가 오네. 하여간 양반은 못 돼요."

아버지는 피식피식 웃으며 스마트폰을 꺼내 들었다.

그래, 저거.

바로 저 전화가 우리 가족을 덮친 '비극'의 시작이었다.

그 통화는 곧바로 시작되었다.

"크흠, 여보세요. 응, 여보. 무슨 일이야? 나 방금 집 앞에서 원호 만나서 같이 들어가는 중인데? 뭐라고? ……잠깐만, 잘 안 들리네."

아버지의 안색이 살짝 굳어졌다. 그 시선이 나를 살피는가 싶더니 곧 목소리가 낮아지기 시작했다.

"유선아, 천천히 말해 볼래? 울지 말고. 또박또박. 그래. 그쪽에 게이트가 열렸는데? 아니, 역류했다고? 근데 신우가 고립됐……? 뭐라고?"

드문드문 들려오는 통화 내용. 하지만 내 머릿속에서는 당시의 상황이 착착 그려지고 있었다.

'그건 사고였어.'

빌어먹을 사고였지만 말이다.

당시 서울 서북부 외곽, 당고개 근처에 게이트가 하나 열려 있었다.

식인 오우거의 군락지.

몇 차례 공략에 실패하고 헌터들을 먹어치우면서 레벨 업을 한 뒤, 슬슬 역류할 시기가 된 D등급 게이트였다.

하지만 고작 D등급 게이트에 불과했기에 공략 가능성은

충분했다.

설령 차원 역류가 일어난다고 하더라도, 미리 대피령을 내리고 봉쇄선만 잘 구축해 둔다면 피해를 최소화하며 수습할 수 있는 게이트였다.

하지만…….

'이 당시에는 게이트 관리가 그리 체계적이지 않았어.'

특히 차원통제청이 아직 제대로 기능하지 못하던 시기.

그렇기에 레이드 클랜의 어설픈 운영에 제대로 대처하지 못했고…… 그 게이트가 역류를 일으킨 것마저 한 박자 늦게 파악하는, 어처구니없는 촌극이 일어난 것이었다.

"그, 원호야, 너 먼저 집에 들어가 있을래?"

어머니와 통화하는 아버지의 눈빛이 점점 심각해지고 있었다.

"들어가, 어서. 배고프면 아무거나 먹고 싶은 거 시켜서 먹고 있어."

아버지는 나에게 지갑을 건네주었다.

내 기억 속의 나는 이대로 돌아서서 무슨 일이 벌어졌는지도 모른 채 집에서 기다렸다.

그리고 다음 날 아침이 되어서야 알게 되었다.

"……식인 오우거들이 시내 쪽으로 내려 왔는데, 신우가 고립됐다고?"

학원 건물이 식인 오우거들에게 둘러싸이는 바람에 움직

이지 못하게 된 초등학생 신우.

'그 녀석을 구출하러 갔던 아버지가 어머니와 함께 실종되었다는 것을 뒤늦게 알게 됐지.'

부모님의 유품은 오우거들과의 전투 현장에서 발견되었지만 시신은 끝내 찾지 못했다.

'정작 위험에 처했던 신우는 털끝 하나 다치지 않고 돌아왔는데.'

아버지는 신우에게 갔어야 했는데, 왜 어머니와 함께 사라졌을까. 두 사람에게는 과연 무슨 일이 있었던 것일까.

"……."

나는 아버지의 지갑을 쥔 채 조금 떨어진 곳에서 잠시 기다렸다.

지금 이것이 비록 4구획이 만들어 낸 환상일지라고 하더라도, 이번에는 집으로 돌아가지 않고 무슨 일이 벌어지는 것인지 지켜보겠다는 생각이었다.

그러자 스마트폰에서 얼굴을 뗀 아버지가 나에게 소리쳤다.

"원호야! 아빠가 방금 집에 들어가라고 했지! 들어가! 얼른! 아빠 진짜 화낸다?"

저 미미하게 떨리는 목소리는 내가 단 한 번도 들어 본 적 없는 것이었다.

나는 아버지를 향해 단호하게 고개를 저었다.

"싫어요. 저도 아버지랑 같이 있을 거예요."
"이 녀석이! 너 진짜 아빠 말 안 들을래!"
"네."
"뭐, 뭐? 아니, 요놈이……!"
아버지가 크게 당황하며 또 하나의 새로운 표정을 보인 그 순간.

[안내 : 시련의 목표가 부과됩니다.]

시스템 메시지가 휙 떠올랐다. 그 내용은 이러했다.

[미션 : 당신의 기억 속에서 사망한 인물 '최욱현'과 '조유선' 중, 적어도 1명 이상의 생명을 구하십시오.]

어린 내가 잃어버렸던 두 사람 중, 단 한 사람이라도 구해 보라는 미션.
차오르는 복잡한 감정에…… 나는 입술을 꾹 깨물 수밖에 없었다.
"최원호! 너 얼른 집에 들어가라니까!"
"싫다고요! 무슨 일이 있어도 전 아빠랑 같이 갈 거예요!"
"아니, 이 녀석이 정말 왜 이래?"
아버지는 기가 막힌다는 표정을 짓고 있었다.

하지만 내가 더 기가 막혔다.

'내가 만나 본 미션 중에 가장 미친 미션이야.'

환상을 이런 식으로 만들어서 사람을 미치게 할 수 있다니.

앞서 물의 정령왕이 영하 누나의 얼굴로 나에게 투견처럼 덤벼들었던 것은 맛보기에 불과했다고 느껴질 정도였다.

'두 사람 중 한 사람이라도 구해 보라고?'

일단 그걸 어떻게 골라낸단 말인가? 설령 골랐다고 한들, 이 미션을 수행하는 과정에서 내가 느끼게 될 감정은?

[알림 : 특성 '야성'이 반응하고 있습니다.]

[안내 : 퓨리 에너지가 충전되고 있습니다.]

"미치겠네……."

"저도 미치겠어요."

이미 아버지의 눈동자를 보는 것만으로도 숨이 턱턱 막힐 정도였다.

'아주 내 멘탈을 터트리려고 작정하고서 판을 짠 거야. 대체 이 게이트는 뭐지?'

[알림 : '최욱현'과 '조유선' 모두 사망하는 경우, 즉시 실패로 간 주됩니다.]

"……."

모래 미로 게이트가 뭐든 간에 아주 개자식이라는 사실은 영원불멸할 것 같다.

나는 애써 심호흡을 하며 마음을 가라앉히기 위해서 노력했다.

자, 그때 당시의 기억을 떠올리면서 찬찬히 생각해 보자.

일단 아버지는 신우가 위험하다는 어머니의 전화를 받고 이동했다.

현역 헌터였으니 어지간한 몬스터와 교전이 벌어지더라도 한 몸 건사하는 것은 어렵지 않았을 것이다.

특히 아버지에게 서울의 지리 지형은 손바닥처럼 익숙할 테니까.

그런데 어머니와 함께 사라졌다는 것은, 어머니를 지키다가 화를 입었을 가능성이 크다는 이야기다.

이상한 점이 생기는 것이 바로 이 지점이었다.

아버지는 분명히 신우가 위험하다는 이야기를 듣고 움직이기 시작했다.

그런데 왜 갑자기 어머니에게로 갔던 것일까?

만약 어머니에게 가지 않았다면 동시에 실종된 까닭은 무엇일까?

몰아치는 의문 속에서 나는 한 가지씩 지워 나가기로 했다.

"아버지, 지금 어머니는 어디 계시죠?"

"……너 진짜 왜 이러는 거냐?"

내 말투가 돌변하자 아버지는 혼란에 찬 표정이 되었다.

가뜩이나 불안한 소식을 들었는데 아들까지 더위 먹은 것처럼 헛소리를 하는 격이었으니 그럴 만도 했다.

그는 이내 결심을 한 듯 돌아섰다.

"두 번 말 안 한다. 얼른 집에 들어가서 기다리고 있어. 아빠가 얼른 가서 엄마랑 동생이랑 데리고 올 테니까!"

그러더니 밤거리를 향해 냅다 신형을 쏘았다.

어차피 헌터로서 능력을 발휘하면 어린 아들이 따라올 가능성이 없으리라고 생각한 것이다.

인간의 수준을 넘어섰다는 R급 헌터의 육체 능력을 고려하면 당연한 계산이었다.

하지만.

[권능 : '추격자 치타의 질주'.]

파파팟!

"뭐, 뭐야!"

"아들이죠!"

나는 그 못지않은 속도로 따라붙을 수 있었다.

팔다리가 짧아지고 근육량도 떨어진 탓에 원래 속도의 절반도 나오지 않고 있었지만.

"좀 더 속도를 내세요! 아빠! 느리잖아요!"

"......!"

오히려 미세하게 아버지를 추월할 정도였다.

나를 향해 귀신이라도 본 것 같은 표정을 짓는 아버지.

그는 떨리는 목소리로 물었다.

"너, 너 내 아들 아니지? 너 뭐야! 붉은손에서 보낸 자객이냐?"

이건 또 뭔 소리야.

"붉은손에서 아버지한테 자객을 왜 보내요?"

"그야 그놈들이 우릴 싫어하니까!"

'여기도 내가 모르는 뭔가가 있었나?'

하지만 이건 4구획이 만든 환상에 불과할 텐데?

'어째서 이런 뜬금없이 맥락이.......'

그 순간, 벤테시오그의 말이 떠올랐다.

　-환상은 본질의 반영이다.

　-촛불이 비추고 있는 한, 본질과 환상은 불가분의 관계지.

혹시 이 환상도 뭔가를 반영하고 있다는 건가?

......미치겠군.

이건 정말 내 멘탈을 가루로 만들기 위해서 만들어진 시련이었다.

머릿속이 더욱 더 복잡해지는 것을 느낀 나는 그 생각의 흐름을 끊어 버리기 위해서 소리쳤다.

"아버지! 그냥 제가 미래에서 왔다고 생각하세요!"

"미, 미래?"

단순하게 가자.

"예! 한 30년 뒤에서 온 미래인이라고 생각하시라고요! 아니면 40년이나! 50년이나!"

나는 되는대로 지껄였다.

믿어 줄지 어떨지 모르겠지만, 지금은 이것밖에 떠오르는 것이 없었다.

그런데 놀랍게도 아버지가 피식피식 웃기 시작했다.

"30년이라? 그럼 나보다 나이가 좀 많은데?"

……어? 이게 된다고?

그럼 여세를 몰아서 헛소리를 더 해 보자.

"나이가 거슬리면 형이라고 부르세요!"

그러자 푸하하 웃음을 터트리는 아버지.

"뭐 인마? 세상에 그런 개족보가 어디 있냐! 네가 백 살을 먹든 천 살을 먹든 넌 내 아들이야!"

그건 그러네.

태연하게 나에게 형이라고 부르던 철만 아저씨와는 또 다른 반응이었다.

이게 정상이기도 했다.

나를 묘한 눈으로 바라보는 아버지.

"그래, 그럴 수도 있겠군. 미래는 그런 미래일 테니까."

그가 중얼거리는 말에 뭔가가 담겨 있었다. 하지만 저 머릿속에서 정확히 무슨 생각이 오가는지는 전혀 읽히지 않았다.

내가 마주한 그 어떤 헌터들보다도 강력한 정신 방벽이 작동하고 있었기 때문이다.

분명 엄청나게 당황한 상태일 텐데.

"좋다. 30살 더 먹은 아들아! 그럼 같이 신우를 구하러 가보자!"

'뭐지? 바로 신우에게 직행하는 건가?'

그럼 어머니와 함께 실종된 건 뭐야?

혼란이 이어지고 있던 그때.

"저기다! 오우거들이야!"

"……!"

익숙한 풍경 속에 거대한 덩치의 몬스터들이 어슬렁거리는 것이 눈에 들어왔다.

놈들이 진을 치고 있는 곳 바로 뒤편에 서 있는 작은 빌딩.

그 4층 영어 학원에 초등학생 신우가 갇혀 있을 터였다.

"원호야, 일단 아빠가 오우거들을 한쪽 방향으로 유인할게. 네가 발이 빠르니까 그 틈에 신우를 데리고 빠져나와. 신우가 다니는 학원은 어딘지 알지?"

"네, 알아요."

빠른 발은 직접 보여 줌으로써 신뢰를 얻었지만 내가 가진 전투력은 보일 기회가 없었다.

사실 몸이 이렇게 줄어들었다고는 해도, 오우거 한둘쯤은 어렵지 않게 때려눕힐 수 있었다.

그러나 지금 중요한 것은 아버지가 말한 대로 신우의 안전을 확보하는 것이었다.

힘자랑은 할 일이 없는 것이 최선이었다.

"이 괴물 놈들아! 내 딸한테서 떨어져라!"

몬스터의 출현으로 인해 쥐 죽은 듯이 고요해진 학원가 한복판.

딸을 구하기 위해 바보 같은 고함을 내지르며 뛰어드는 아버지의 뒷모습을 보면서, 나는 재빠르게 발을 움직였다.

간판이 보인다.

'뉴턴 영어 교실.'

벽을 타고 올라가서 저 창문으로 뛰어든 뒤, 신우를 빼내서 아버지에게 돌아가면 그만이었다.

'어머니?'

어딘가 계시겠지.

이미 나라는 존재가 끼어듦으로써 내가 알던 역사와는 다르게 흘러가기 시작했다.

나와 아버지가 힘을 합친다면 그녀의 안전을 확보하는 것도 그리 어렵지 않을 듯했다.

"뭐야? 생각보다 쉬운데?"

나는 그렇게 중얼거리며 건물을 향해 몸을 날렸다.

그리고 그렇게 중얼거리지 않아야 했음을 깨달았다.

[알림 : 특성 '야성'이 직관을 발휘하고 있습니다. '위험한 적의 징조'를 포착했습니다.]

"윽!"

야성의 경고와 함께 뒷덜미가 섬뜩해지는 그 순간.

"커헉!"

오우거 너댓 마리를 이끌고 자리를 옮겼던 아버지 쪽에서 작은 비명이 새어 나왔다.

고개를 돌려보니 시커먼 그림자 같은 것이 그를 덮치고 있었다.

나는 황급히 블랙 포스를 꺼내 활시위를 당겼다.

활줄을 늘리며 조준점을 맞추는 것이 한 동작으로 이루어진 그 순간.

"저 꼬마는 네 아들인가? 맛있어 보이는군."

시커먼 그것이 나를 향해 달려오기 시작했다.

나는 아버지를 습격한 곳으로부터 수십 미터가 떨어진 건물 외벽에 매달려 있었는데…….

쾅!

쏘아진 화살을 간단히 피하더니 한 달음에 달려와 나를 짓눌러 터트리려고 했다.

"안 돼애애애애ㅡ!"

아버지가 찢어지게 비명을 내지르며 몸의 방향을 트는 것이 보였다.

그러나 내가 더 빨랐다.

"뭔진 모르겠지만 꺼져!"

철견에 마력을 집어넣어 기능을 활성화시키는 것과 함께, 있는 힘껏 주먹을 휘둘렀다.

짧은 공간을 뛰어넘으며 충격량을 쏟아붓는 특별한 권술, 화섬권(和閃拳).

퍼억!

강렬한 타격음과 함께 시커먼 것이 튕기듯이 떨어져 나갔다.

뒤늦게 그 모습을 살핀 나는 눈살을 찌푸렸다.

형체가 없고 물렁거리는 듯한 그림자.

'본 적 있어. 그 얼음성에서 게이트 테러리스트들과 만났을 때!'

유광명과 대결하느라 놓쳤던 테러리스트를 쫓아갔다가 만난 테러리스트의 총지휘자.

소녀처럼 자그마한 체형의 그림자가 떠오른 것이다.

'그놈인가? 아냐. 훨씬 더 큰데?'

그런데 그때보다 더 빠르고 파괴적인 위력을 갖추고 있었다.

하지만 풍기는 느낌이 비슷하다는 것은 확실했다.

나는 입술을 깨물며 생각했다.

'이런 놈이 왜 여기서 나온 걸까? 내 무의식의 발현일까?'

4구획이 만들어 놓은 환영의 정체를 확신할 수 없었기에 나는 모든 가능성을 열어 둔 상태였다.

그중에는 이 환상이 어쩌면 진실의 편린을 보여 주고 있을지도 모른다는 추측 또한 포함되어 있었다.

"크크크……!"

음산한 웃음을 지으며 몸을 일으키는 그림자.

아버지가 위험해질 수도 있었기에, 일단 나는 빌딩 안으로 들어가는 것을 미뤄 두었다.

그렇게 건물 외벽으로부터 떨어져 나와 놈을 물끄러미 바라보고 있을 때.

"원호야! 이쪽으로 와라! 내 뒤로 와!"

아버지가 손짓하고 있었다.

하지만 그 복부에서는 이미 피가 흐르기 시작한 상태였다.

아까 그림자에게 불의의 일격을 허용한 결과일 것이다.

나는 고민하고 있었다.

'저놈과 일대일로 붙으면 이길 수 있을까?'

솔직히 모르겠다.

이 근방을 포위하듯 둘러싸고 있는 오우거들도 무시할 수 없었다.

즉, 아버지와 신우의 안전까지 고려할 때 변수가 너무 많았던 것이다.

그래서 나는 천천히 걸음을 옮겼고…….

"크하하하하! 귀엽군! 꼬맹이가 저런 노련한 눈빛을 하고 있는 것은 참 어울리지 않지만 귀엽구나!"

놈은 파안대소하며 나와 위치를 바꾸었다.

이제 그림자가 학원 건물을 등지고, 아버지와 나는 함께 서게 되었다.

"괜찮냐?"

"예."

나는 짧게 대답하며 그림자에게서 시선을 떼지 않았다.

아버지 역시 마찬가지였다. 그는 피가 배어나오는 배를 꾹 누르며 투기를 끌어 올리고 있었다.

우리의 모습을 가만히 바라보던 그림자 놈이 입을 열었다.

"어미는 어디 있지? 그년을 데리고 와. 그렇지 않으면 네 딸과 아들을 조각조각 찢어서 태워 버리겠다."

"……!"

순간 내 머릿속에서 의문이 해결되었다.

이날 아버지와 어머니가 실종된 사건의 배후.

거기에 분명 이 시커먼 것들이 존재하고 있다는 확신.

나는 마른 침을 꿀꺽 삼키며 생각했다.
'이젠 환상이든 아니든 아무래도 상관없어.'
여기서 나는 내 가족들을 전부 지킬 것이다.
반드시.

다음 권으로 이어집니다

만렙닥터

13월생 현대 판타지 장편소설

리턴즈

인생 2회 차 경력직 신입
칼솜씨도, 인성도 '만렙'인 의사가 돌아왔다!

만성 인력난에 시달리는 흉부외과에 들어온 인턴
메스도 잡아 본 적 없는 주제에
죽을 생명을 여럿 살려 내기 시작한다?

"이 새끼, 꼴통 맞네."
"죄송합니다."
"잘했어!"
"네?"

출세만을 좇으며 살았던 전생
이렇게 된 이상 인생도 재수술 한번 가자!

무데뽀(?) 정신으로 무장한 회귀 의사
이제부터 모든 상황은 내가 집도한다!

魔帝南宮 남궁마제

문운도 신무협 장편소설

회귀한 뇌왕, 가족을 지키기 위해 정파의 중심에서 제대로 흑화하다!

세상을 뒤집으려는 귀천성에 맞서 싸우다
가족을 모두 잃고 제물로 바쳐진 뇌왕 남궁진화
마지막 순간 원수의 뒤통수를 치고 죽으려 했으나
제물을 바치는 진법이 뒤틀리며 과거로 회귀하다!?

남궁세가의 양자가 된 어린 시절로 돌아온 후
귀천성이 노리는 자신의 체질을 연구하다 기연을 얻고
회귀 전과 다른 엄청난 미모와 함께
뇌전의 비밀마저 알아내 경지를 뛰어넘는데……

가족들에게는 꽃처럼 사랑스러운 막내지만
적이라면 일단 패고 보는 패악질의 끝판왕!
귀천성 때려잡기에 나서다!